괜찮으니까 힘내라고 하지 마

괜찮으니까 힘내라고 하지 마

장민주

에이엠스토리

사소한 일이 우리를 위로한다
사소한 일이 우리를 괴롭히기 때문에

Little things comfort us
because little things distress us

블레즈 파스칼(Blaise Pascal)

내 마음을 들여다보다

우리는 성장하면서 크고 작은 많은 난관에 부딪히게 된다. 처음에는 작은 일에도 누구나 좌절하거나 상처를 받는다. 심하면 정신적 충격 때문에 정상적으로 사고하기 어려워지기도 한다. 하지만 이러한 과정을 여러 번 거치고 나면 '아, 그때 이렇게 대처했으면 더 좋았을 텐데' 하고 자기 나름의 방법을 터득하게 되며, 이후 같은 일이 생겼을 때 전보다 여유롭게 대처할 수 있는 능력이 생긴다.

대개 부모들은 자녀들이 힘듦을 토로할 때 그들의 감정을 바로 알아차리지 못하고 단순히 사춘기나 학업 스트레스의 영향이라고 생각한다. 그래서 자녀가 도움의 손길이 필요하다는 신호를 보내도 쉽게 눈치채지 못한다. 그나마 그 신호를 포착해 요청에 응답한 부모들마저 "너무 부정적으로만 생각하지 마"라고 잔소리할 뿐이다. 이런 말이 우울한 감정을 어느 정도 사그라뜨릴 수 있을 거라 생각할 수도 있겠지만, 실질적으로 아무런 도움이 되지 않을 뿐더러 오히려 우울한 감정을 더 크게 느끼게 한다. 한 연구에 따르면, 우울한 성향이 짙은 사람들이 영양가 없는 위로의 말을 지속적으로 들을 경우 사회적 스트레스가 발생해 우울증이 더 강하게 나타났다.

그렇다면 우리는 과연 어떠한 자세를 취해야 할까? 가장 좋은 방법은 우울증과 그와 수반되는 다양한 신체적·정신적 증상을 제대로 이해하는 것이다. 이 책을 통해 저자는 우울증을 앓는 사람들에게 "당신은 결코 혼자가 아니다"라는 메시지를 전하며, 지난 과거에 대한 자신의 성찰과 경험을 바탕으로 우울증들에 상응하는 심리학적 지식을 소개하고 부정적인 사고에서 벗어날 수 있는 방법을 전한다. 또한 우울증 환자들이 왜 이런 행동과 사고를 하는지 좀 더 깊이 이해할 수 있는 귀중한 시간을 선사한다.

"심리학을 배우면 좋은 점이 뭔가요?"

많은 고등학생들과 대학에 갓 입학한 학생들이 내게 주로 하는 질문이다. 나는 여기에 이런 대답을 하고 싶다.

"나 자신을 좀 더 이해할 수 있어요."

'나'를 온전히 이해하고 나면 조금 더 객관적인 시각으로 자신을 면밀히 살펴볼 수 있다. 다시 말해 심리학은 내가 고통 속에서 괴로

워할 때, 그런 나를 일으켜 세워주는 이성적이고 강건한 '또 다른 나'
인 것이다.

이 책을 읽는 여러분도 이 책을 통해 자신을 좀 더 깊이 이해하고
고된 삶에 지친 '나'를 일으켜줄 수 있는 심리학적 지식과 능력을 얻
길 바란다.

차이위저(蔡宇哲)

가오슝의과대학교 심리학과 조교수

감정을 받아들이는 연습

나는 다른 사람과의 감정 교류에 익숙하지 않은 편이다. 아니, 솔직히 말하자면 다른 사람과 있을 때 '나는 아무런 도움도 안 돼', '나를 어떻게 생각할까?', '나를 필요 없어 하면 어떡하지?', '나를 좋아하지 않으면 어떻게 해야 할까?' 하고 두려움을 느낀다.

또한 지금까지 나는 상대방에게 조건적인 사랑을 받았다고 여겨 왔다. 그들이 나를 좋아했던 이유는 내가 그들에게 호감을 사기 위해 노력했기 때문이며, 만약 게으르고 나약했더라면 결코 나를 좋아하지 않았을 것이라 생각했다. 그러다 보니 매번 모임에 초대받을 때마다 상대방에게 반드시 '어떠한 목적'이 있을 것이라고 의심할 수밖에 없었다. 나중에서야 내가 겪고 있는 고통과 어려움에 귀 기울이고자 했던 것일 뿐, 그 외에 다른 목적은 없었다는 사실을 알게 됐다. 이 책을 읽으면서 이러한 경험들이 계속해서 생생하게 떠올랐고, 저자의 경험에서 우러나온 단락들은 그때의 감정과 생각들을 끄집어냈다.

사회심리학을 배울 때 가장 주목했던 두 가지가 있다. 하나는 '인식 개선(change cognition)'이고, 또 다른 하나는 '사회적 지지(social support)'였다. 그러나 최근 몇 년간 논의한 끝에 중요한 요소를 두 가지 더 발견하게 됐는데, 바로 '정서적 연결(emotional connection)'과 '자기 인식(self-awareness)'이었다. 이 책은 자신의 감정 훈련에 관한 이야기를 이 네 가지 요소를 완벽하게 결합시켜 서술했다. 저자는 인식을 개선함으로써 자신의 사고를 변화시키고, 여러 사회 활동으로 사회적 지지층을 얻었으며, 자기 인식을 통한 자기 관찰도 매일 잊지 않고 계속했다.

몇 년 전 이상심리학 수업을 들을 때 교수님이 의미심장하게 남긴 말씀이 있다.

"수년간 우울증을 연구하면서 느낀 것은 우울증을 완벽히 이해하기에는 한계가 있다는 것입니다. 예전에는 세로토닌(serotonin)이 너무 적어서 그렇다고 생각했는데, 매년 다른 연구가 새롭게 등장하면서 내가 알고 있는 답이 모두 옳다고 할 수 없게 됐어요. 실제로 내가 정신과 수업에서 당시 교수님께 배운 것들이 지금은 모두 '틀린 답'

이 돼버렸거든요. 심리적 질병을 대면했을 때, 먼저 우리의 무지를 인정하는 것이 최고의 해답이 될 수도 있겠다는 생각이 들어요."

우리는 주변에 아픔이나 어려움, 슬럼프를 겪고 있는 사람들을 보면 가장 먼저 '원인'을 찾으려고 한다. 하지만 삶에서 일어나는 사건들은 가정환경, 유전자, 친구, 성장 과정 등 그야말로 사방팔방에서 발생하기 때문에 원인을 푸는 일은 사실상 매우 어려운 일이라 할 수 있다. 그보다 누군가의 상처나 자신의 고통에 대한 '이해'가 앞선다면 문제를 더 빠르게 해결할 수 있을지도 모른다.

최근 몇 년 동안 많은 우울증 환자가 쓴 투고를 받았다. 몇몇은 자신이 쓴 책에 추천의 글을 써달라고 부탁하기도 했지만 대부분 그런 요청들을 거절해왔다. 그들의 이야기에는 분명 우울증에 관련한 중요한 정보들이 많았지만 동시에 '과연 이런 이야기들이 정말 환자들에게 좋은 영향을 끼칠 수 있을까?'와 같은 걱정스러운 부분도 있었기 때문이다.

과학적 관점으로 우울증에 접근한 이 책은 내가 이제껏 찾고 있었던 부류의 책이다. 선천적으로 예민한 성격 때문에 고민을 달고 다녔던 사람, 타인과 관계 맺기가 어려워 늘 외로웠던 사람, "힘내! 조금만 고생하면 성공할 수 있어"라는 타인의 은근한 압박에 무리하고 마음 썼던 사람들에게 가면을 벗고 자신의 감정에 보다 집중하는

'진짜 나'로 살 수 있도록 안내하고 있다. 그들에게 적극 추천해주고 싶다.

어쩌면 우울한 상태를 극복하지 못하고 평생을 이렇게 살아야 할 지도 모른다. 그렇다고 남은 시간을 도망치는 데 허비하지 말자. 이 책에서 알려주는 방법대로 자신의 마음과 마주하는 연습을 계속해 나가길 바란다.

하이타이슝(海苔熊)
심리학자이자 칼럼리스트

좋아지지 않으면 뭐 어때?

일본 조각가 겸 설치미술가인 구사마 야요이(草間彌生)는 자신이 예술을 계속해서 고집하는 이유를 "끊임없이 샘솟는 자살에 대한 욕망을 억제하기 위해서"라고 말했다. 내게 심리학이 바로 그의 예술과 같은 존재다.

우울증 진단을 받은 고등학교 2학년 때부터 지금까지 약 8년이 넘는 시간 동안 증상이 완화됐다가 재발되기를 반복했다. 사실 우울증 치료는 장거리 마라톤과 같기 때문에, 증상이 어느 정도 완화된 것 같아 보여도 몇 개월 후 좌절을 맛보거나 어려움에 직면하게 되면 우울증은 또다시 재발할 수 있다. 그러나 그 사실을 알지 못했던 나는 '아, 평생 이렇게 살지도 모르겠구나'라는 무력감이 몰려왔고, 우울증 완치는 요원한 일이라고 믿게 됐다.

수많은 약물 치료와 심리상담을 했지만 우울증은 쉽게 해결되지 않았다. 극도의 불안감에 휩싸인 나는 마치 출구 없는 지옥에 갇힌 듯했다. 대학교 3학년 무렵에 심리학으로 전공을 바꾼 뒤, 이론을 통해 우울증에 대해 자세히 알아보기 시작했다. 우리가 흔히 말하는 '평범한 사람'과 '우울증 환자'에는 어떤 차이가 있을까? 겉으로 보이는 모습과 생활 방식, 성격은 또 환자와 어떻게 다를까? 이러한 물음들 외에도 내 생각과 행동을 자세히 분석해 우울증이 어디서부터 기인하는지, 나 자신에게 어느 정도까지 관대해질 수 있는지, 어떤 상황에서든지 문제를 직시하고 내면의 변화를 끌어낼 수 있는지 등 여러 질문에 대한 답을 찾기 위해 노력했다.

예전에 우울증 환자의 치유 과정을 그린 영화를 본 적이 있다. 회복한 환자들이 등장해 경험담을 나눴는데, 그중 한 여성의 이야기가 기억에 맴돈다. 너무 괴로워서였을까, 그녀는 카메라 앞에서 눈물을 펑펑 쏟아내며 이렇게 말했다.

"우울증은 정말 고통스러워요. 하지만 회복하고 나면 훨씬 더 강해진 내 모습을 볼 수 있어요."

그때 당시 나는 매우 심한 우울증에 시달리고 있었다. '언젠가 나도 그녀가 말한 더 강해진 모습이 될 수 있을까?' 하고 상상해보기도 했지만 그 어떤 것도 떠올릴 수 없었다. 이후에는 '저 사람은 운이 좋아서 그래. 복권 하나 당첨된 적 없는 내게 이런 행운이 생길 리가 있 겠어?'라며 그녀의 말을 의심하기 시작했다.

우울증 환자에게 있어 중요한 것은 '앞으로 다가올 날들을 어떻게 마주하고 어떤 태도로 살아갈 것인가'다. 치료를 병행하다 보면 몸 도 마음도 지치게 되고, 그로 인해 항상 포기하고 싶은 마음과 사투 를 벌여야 한다. 그때마다 언젠가 가까워질 결승점의 이미지를 되새 기며 나 자신을 격려해줘야 한다. 실제로 몇 년간 심리학을 공부하 면서 내 삶이 변해가는 것을 느꼈고, 예전처럼 나 자신을 미워하지 않게 됐다. 여전히 우울증으로 고통스러울 때도 있지만, 이제는 이 런 불편한 감정을 어떻게 마주해야 하는지 잘 알고 있다.

내가 겪은 경험들을 바탕으로 우울증 환자가 질병과 맞서는 이 긴 시간 동안에 직면하는 문제들은 뭐가 있는지, 또 심리학을 통해 우 울증을 어떻게 개선해나갔는지 알려주려고 한다. 우울증 환자는 업 무 능력이 떨어지고 함께 어울리기 어렵다는 편견과 부정적 인식을 전면적으로 뒤집을 수 있기를 바란다. 이 책을 끝까지 읽고 나면 우 리 모두가 특별한 존재라는 사실을 깨닫게 될 것이다.

본격적으로 이 책을 읽기 전에 '우울증 자가 진단 검사'를 통해 당 신의 감정 상태를 확인해보자. 테스트의 내용은 참고 사항일 뿐, 증 상이 심할 경우 반드시 전문가에게 상담받길 권한다.

우울증 자가 진단 검사

아래 '벡의 우울 척도 검사(Beck Depression Inventory)'를 통해 자신의 우울증 유무와 심각성 정도를 확인해보자. 총 21문항으로 구성된 이 진단 검사는 우울증의 인지적·정서적·동기적·신체적 증상을 포함하고 있다.

지난 2주 동안의 기분이나 상태를 가장 잘 설명하는 문장 중 하나를 선택한 뒤 채점해보자. 오래 생각하지 말고 가벼운 마음으로 체크해보길 바란다.

01
- ○ 슬펐던 적이 별로 없다. (0점)
- ○ 때때로 슬픔을 느낀다. (1점)
- ○ 항상 슬프고 기운을 낼 수 없다. (2점)
- ○ 너무나 슬프고 불행해서 도저히 견딜 수 없다. (3점)

02
- ○ 앞날에 대해 낙담하지 않는다. (0점)
- ○ 앞날에 대해 그다지 기대할 것이 없다고 느낀다. (1점)
- ○ 앞날에 대해 기대할 것이 아무것도 없다고 느낀다. (2점)
- ○ 내 미래는 아주 절망적이며 나아질 가망조차 없다고 느낀다. (3점)

03

○ '실패자'라고 느끼지 않는다. (0점)

○ 다른 사람들보다 더 많이 실패했다고 느낀다. (1점)

○ 지난날을 돌이켜 생각해보면 실패만 해왔다고 느낀다. (2점)

○ 한 인간으로서 완전히 실패했다고 느낀다. (3점)

04

○ 전과 다름없이 만족스러운 일상생활을 보내고 있다. (0점)

○ 전처럼 일상생활을 즐기지 못한다. (1점)

○ 더 이상 어떤 것에도 만족감을 느끼기 어렵다. (2점)

○ 모든 것이 다 불만스럽고 싫증난다. (3점)

05

○ 특별히 죄책감을 느낀 적이 없다. (0점)

○ 죄책감을 느낄 때가 많다. (1점)

○ 죄책감을 느낄 때가 아주 많다. (2점)

○ 항상 죄책감에 시달린다. (3점)

06

○ 딱히 벌을 받고 있다고 느낀 적이 없다. (0점)

○ 어쩌면 벌을 받을지도 모른다고 느낀다. (1점)

○ 언젠가 벌을 받아야 한다고 느낀다. (2점)

○ 지금 벌을 받고 있다고 느낀다. (3점)

07

○ 내 자신에 대해 실망한 적이 없다. (0점)

○ 내 자신에게 실망하고 있다. (1점)

○ 내 자신에게 화가 난다. (2점)

○ 내 자신을 증오한다. (3점)

08

○ 내가 다른 사람보다 못하다고 생각한 적이 없다. (0점)

○ 내 약점이나 점수에 대해 자책하는 편이다. (1점)

○ 내가 한 일이 잘못됐을 때 항상 자신을 탓한다. (2점)

○ 주위에서 일어나는 모든 잘못된 일에 대해 자신을 탓한다. (3점)

09

○ 자살 같은 것은 생각한 적이 없다. (0점)

○ 자살 충동이 가끔 들지만 실천에 옮기지는 않을 것이다. (1점)

○ 자살하고 싶다는 생각을 자주 한다. (2점)

○ 기회만 있으면 자살하겠다. (3점)

10

○ 전보다 덜 운다. (0점)

○ 전보다 더 많이 운다. (1점)

○ 항상 운다. (2점)

○ 울 기력조차 없다. (3점)

11

○ 전보다 화를 덜 낸다. (0점)

○ 전보다 쉽게 화를 내고 귀찮아한다. (1점)

○ 항상 화가 치민다. (2점)

○ 전에는 화를 냈을 만한 일임에도 요즘은 화조차 나지 않는다. (3점)

12

○ 여전히 다른 사람에게 관심을 가지고 있다. (0점)

○ 전보다 다른 사람들에 대한 관심이 줄었다. (1점)

○ 다른 사람들에 대한 관심이 거의 없다. (2점)

○ 다른 사람들에 대한 관심이 완전히 없어졌다. (3점)

13

○ 전과 다름없이 결정하는 일에 막힘이 없다. (0점)

○ 전보다 결정을 내리지 못하고 머뭇거릴 때가 많다. (1점)

○ 전보다 결정을 내리는 데 어려움을 느낀다. (2점)

○ 어떤 결정도 내릴 수 없는 상태에 빠졌다. (3점)

14

○ 전보다 내 모습이 나빠졌다고 느끼지 않는다. (0점)

○ 나이 들어 보이거나 매력 없어 보일까 봐 걱정한다. (1점)

○ 매력적인 인물이라고 느끼지 않는다. (2점)

○ 내가 남들에게 추해 보일 것이라 생각한다. (3점)

15

○ 전과 다름없이 일을 잘할 수 있다. (0점)

○ 어떤 일을 시작하려면 전보다 힘이 더 많이 든다. (1점)

○ 어떤 일을 시작하려면 심한 채찍질이 필요하다. (2점)

○ 어떤 일이든 할 수 없다. (3점)

16

○ 전과 다름없이 잠을 잘 잔다. (0점)

○ 전처럼 잠을 잘 자지 못한다. (1점)

○ 전보다 한두 시간 일찍 깨며, 다시 잠들기가 어렵다. (2점)

○ 전보다 몇 시간 일찍 깨며, 한 번 깨면 다시 잠들 수가 없다. (3점)

17

○ 전보다 더 피곤하지 않다. (0점)

○ 전보다 더 쉽게 피곤해진다. (1점)

○ 무슨 일을 하든 곧바로 피곤해진다. (2점)

○ 아무 일도 할 수 없을 만큼 너무 피곤하다. (3점)

18

○ 식욕에 별다른 문제가 없다. (0점)

○ 전보다 식욕이 좋지 않다. (1점)

○ 전보다 식욕이 매우 줄었다. (2점)

○ 요즘은 식욕이 전혀 없다. (3점)

19

○ 전보다 몸무게가 줄지 않았다. (0점)

○ 전보다 몸무게가 2kg가량 줄었다. (1점)

○ 전보다 몸무게가 5kg가량 줄었다. (2점)

○ 몸무게가 건강에 위협을 느낄 정도로 살이 많이 빠졌다. (3점)

　* 현재 음식 조절로 체중을 줄이고 있는 중이다. (예 / 아니오)

20

○ 전과 다름없이 건강한 편이다. (0점)

○ 두통이나 소화불량, 변비 등의 신체적 문제로 걱정하고 있다. (1점)

○ 제대로 일할 수 없을 정도로 건강에 대해 걱정하고 있다. (2점)

○ 다른 일을 거의 생각할 수 없을 정도로 건강이 걱정된다. (3점)

21

○ 이성에 대한 관심이 전과 다름없다고 느낀다. (0점)

○ 전보다 이성에 대한 흥미가 줄었다. (1점)

○ 이성에 대한 흥미가 상당히 줄었다. (2점)

○ 이성에 대한 흥미를 완전히 잃었다. (3점)

총점

점

* 출처: Beck, A. T. (1967). Depression: Clinical, Experimental, and Theoretical Aspects. New York: Harper & Row.

결과

0~9점

우울하지 않은 상태

평소 자신의 감정과 스트레스를 잘 조절하고 있는 것으로 보인다. 앞으로도 지금처럼만 유지하길 바란다.

10~15점

가벼운 우울 상태

정상적인 수준이기는 하나 언제든 우울 증세가 심해질 수도 있으니, 자신의 기분을 전환할 수 있는 방법을 찾는 것이 좋다. 친구, 선배, 부모님 등 믿을 만한 누군가에게 자신의 문제와 기분에 대해 이야기하고 함께 해결 방안을 찾아보길 권한다.

16~23점

중한 우울 상태

무시하기 어려운 우울 상태이며, 극복하기 위해서는 적극적인 노력이 필요하다. 이러한 상태가 2개월 이상 지속될 경우 전문가의 도움을 반드시 받아야 한다.

24~63점

매우 심한 우울 상태

우울증 수준이 매우 높다. 가능한 한 빨리 전문 기관에 당신의 상태를 알리고 도움을 구하길 바란다. 도움을 구하는 일은 결코 어리석은 행동이 아니다. 자책하거나 부끄러워하지 않아도 된다.

contents

*Chapter 1

우울은 나의 잘못으로 생긴 것이 아니다

우리는 왜 우울증 환자에게

"긍정적으로 생각해. 조금만 힘을 내!"라고 쉽게 말할까?

몸이 아픈 사람에게는 "네 세포들이 건강한 세포를 공격하고 있잖아.

가만히 내버려두면 안 돼!"라고 말하지 않으면서 말이다.

더 이상 우울한 사람에게 즐거우라고 강요하지 마라!

우울은 나의 잘못으로
생긴 것이 아니다

내가 죽으면

이 세상이 행복해지겠지

그녀는 자신의 새하얀 왼쪽 손목을 물끄러미 바라보며, 손바닥을 쥐었다 폈다 할 때마다 손목 안쪽에서 꿈틀거리는 가느다란 힘줄 하나하나를 유심히 살폈다. 끝이 보이지 않는 동굴처럼 마음이 텅 비어 있는 듯 어딘가 허전한 느낌이 들었다. 미간을 잔뜩 찌푸린 채 보일 듯 말 듯한 파란 혈관에 모든 신경을 집중하며, 어제 새로 산 미술용 칼을 집어 들고는 주저 없이 팔목에 장미 한 송이를 그려 넣었다. 아주 심플한 장미 그림이었다. 고통이 두려웠다면 시도조차 하지 않았을 것이다. 그리고 나서 책상 위에 있던 가느다란 빨간색 펜을 쥐고 왼쪽 손목에 동그라미를 그리기 시작했다. 뾰족한 펜 끝이 살갗을 그으며 천천히 지나갈 때마다 손목에는 탁한 붉은색 동그라미가 새겨졌다.

그녀는 침대에 앉아 무채색 벽에 몸을 기댔다. 그녀의 무기력한 모습과 무표정한 얼굴이 새하얀 벽과 제법 잘 어울렸다. 책상 위 시계가 똑딱똑딱 소리를 내며 숫자 '3'을 가리켰다. 깊은 골짜기에 돌덩이가 떨어지는 것처럼 모든 소리가 그녀의 마음에 묵직한 파장을 일으켰다. 지금껏 들어본 적 없는 소리였다.

눈길을 돌리니 전화기가 보였다. 멍하니 바라보다가 어디론가 전화를 걸고 싶어졌다. 하지만 전화기를 들 힘이 하나도 없었다. 더욱이 그녀의 내면에서는 두 마음이 서로 싸우고 있었다.

"전화 걸어! 이게 마지막 희망일 수도 있잖아. 누군가와 이야기하고 싶지 않아? 어쩌면 널 도와줄 사람이 있을지도 몰라."

"이 시간에 전화받을 사람이 어디 있겠어? 아마 아무도 받지 않을 거야. 그러니 전화해선 안 돼!"

대부분의 시간을 전화를 할지 말지를 고민하는 데 써버렸다. 그녀의 입술은 희미하게 떨릴 뿐 어떤 말도 제대로 꺼내지 못했다.

결국 그녀는 가쁜 숨을 몰아쉬고는 옆으로 드러누웠다. 마치 아기가 엄마 배 속에 있는 것처럼 아주 편안한 자세였다. 그러나 동그랗게 뜬 그녀의 두 눈은 초점이 사라진 지 오래였다. 어떻게든 정신을 차려 뭔가를 찾으려 했지만 마음처럼 쉽지 않았다. 때때로 '살고 싶지 않다'라고 생각했던 이유는 사는 게 고통스러워서 아니라 '계속 살아가야 할 충분한 이유를 찾지 못해서'가 아니었을까.

똑딱똑딱. 그녀의 귓가에 시곗바늘 소리가 끊임없이 들려왔다. 시간이 얼마나 흘렀을까? 순간 어디선가 따뜻한 빛이 그녀의 몸을 감싸는 느낌이 들었다. 아무런 생각도 들지 않았다. 평소에는 느끼지 못했던 감각들에 자극이 느껴졌다. 휴식을 취할 때처럼 자유롭고 상쾌한 기분이 아니라, 끈끈한 풀에 끼인 채로 오도 가도 못하는 기분이었다. 그녀는 죽음으로 서서히 빨려 들어가고 있었다.

그 순간 그녀의 손이 전화기로 향했다. '1-9-8-0.' 나비가 힘겹게 고치를 뚫고 나오듯 있는 힘을 다해 전화번호를 눌렀다.

"여보세요? 무슨 일이신가요?"

전화기 건너편에서 잠에 잔뜩 취한 남자 목소리가 들려왔다.

"아, 죄송해요. 아무 일도 아니에요!"

당황한 그녀가 황급히 전화를 끊었다. 그 번호는 장 선생님 전용 전화였기 때문에 다른 누군가가 전화를 받을 줄은 꿈에도 몰랐다.

"또 민폐를 끼쳤네. 또 그랬어….'"

그녀는 혼자 중얼거리며 떨리는 몸을 더 작고 동그랗게 구부렸다. 이 세상에서 그녀 자신이 차지하는 공간을 더 줄이려고 애쓰는 것 같이 보였다. 어느새 눈물이 뺨을 타고 흘러내렸다. 혹시라도 가족들이 들을지도 몰라 이불 속에 얼굴을 푹 파묻었다. 댐이 와르르 무너지듯 모든 미안함과 괴로움이 밀려왔다.

"미안해. 정말 미안해…."

그녀는 몸을 일으킨 뒤 그동안 서랍 속에 모아둔 수면제를 전부 털
어 넣었다. 그리고 다시 침대로 돌아와서 남은 의식이 몸에서 떠나
가기를 잠잠히 기다렸다.

의식이 조금씩 돌아오기 시작했다. 그녀의 목구멍에는 이상한 뭔
가가 끼어 있었다. 아프진 않았지만 숨을 쉴 때마다 불편함이 조금
씩 밀려왔다. 그녀는 두 눈을 바짝 뜨고 혼란스러운 듯 주변을 이리
저리 둘러보다가 목에 끼인 물체를 만지려고 했다. 하지만 마음과
달리 몸은 쉽게 움직여지지 않았고, 팔을 드는 순간 심한 통증까지
느껴졌다. 덕분에 잠에서 완전히 깨어난 그녀는 자신의 팔뚝에 박혀
있는 바늘을 발견했다. 의식을 잃은 사이에 링거를 맞고 있었던 모
양이다.

방 안의 어둠에 어느 정도 적응했지만 고도근시였던 그녀는 여전
히 벽에 걸린 시계를 볼 수 없었다. 시간이 얼마나 흘렀을지 몹시 궁
금했던지 결국 침대 주변을 더듬으며 휴대폰을 찾아다녔다. 오른쪽
에 있던 낮은 캐비닛 위에서 휴대폰을 겨우 찾았지만 안타깝게도 그
녀의 것은 아니었다. 계속해서 이리저리 찾아다녔지만 휴대폰은 쉽
사리 손에 잡히지 않았다. 괜한 헛수고가 계속되자 답답함은 배가

됐다. 심호흡하며 마음을 가다듬으려 했지만 좀처럼 기분이 나아지지 않았다. 코에도 목에 있는 것과 비슷한 물건이 끼어 있었고 기력도 부족했으며 신경 쓸 일마저 한둘이 아녔기 때문이다.

"일어났어?"

소파에서 자고 있던 한 여인이 그녀에게 말을 걸었다. 그제야 그녀는 캐비닛 옆 소파에 누군가가 자고 있었다는 사실을 알게 됐다. 얼마 지나지 않아 그 여인이 자신의 엄마라는 것과 좀 전에 찾았던 휴대폰이 엄마의 것이라는 사실을 깨달았다.

"몸 상태는 좀 어때? 나아진 것 같아? 너 어떻게 될까 봐 얼마나 마음 졸였다고! 너 없이 어떻게 살아야 할지 상상도 안 되더라."

엄마는 말을 마친 뒤 흐느끼며 울기 시작했다.

"이거, 이게 좀 불편한데, 떼면 안 될까?"

그녀는 목과 코에 끼어 있는 물건을 가리키며 말했다.

"의사 선생님께 가서 물어보고 올게."

"아, 아니야. 괜찮아. 아침에 물어보지 뭐."

"다른 거 뭐 필요한 거 있어? 화장실 갈래?"

사실 그녀는 지금 몇 시인지, 얼마나 더 잘 수 있는지 물어보고 싶었지만 꾹 참았다.

"괜찮아. 그냥 좀 더 잘게."

"그래, 그러렴. 필요한 거 있으면 언제든지 엄마 깨워. 내일 아침에 의사한테 그것들 뗄 수 있는지 한번 물어볼게."

그녀는 아무 대답 없이 몸을 돌려 누워 다시 잠을 청했다. 하지만 엄마의 시선이 여전히 자신에게 향하고 있다는 것쯤은 등 뒤로도 충분히 느낄 수 있었다.

이야기 속 '그녀'는 바로 '나'다.

고등학교 3학년 2학기 당시 입시와 면접 스트레스로 심적인 부담을 느끼고 있었다. 다시는 어떤 난관도 마주하고 싶지 않아서 면접을 2주 앞두고 수면제를 먹고 자살을 시도했다. 안타깝게도 병원으로 바로 이송됐고, 자살은 실패로 끝이 났다. 결국 면접도 피할 수 없었다. 고통에서 영영 멀어지기 위해 죽음을 택했지만 그마저도 내게 쉬운 일이 아니었다.

그때만 해도 내가 죽으면 가족들이 내 걱정을 더 이상 하지 않아도 될 것이라 생각했다. 우리 반 평균 성적도 지금처럼 처참하지 않고, 선생님도 더는 나로 인해 곤란해하지 않아도 될 것이다. 또 친구들도 나처럼 이상한 아이를 상대하지 않아도 되니 고등학교 시절 좋은 추억을 더 많이 쌓을 수 있을 것이다. '내가 죽으면 이 세상이 다 좋아지겠지' 하고 믿은 것이다.

2013. 09. 29

오늘 너무 힘들다.

정말 실컷 울고 싶지만 터놓고 얘기할 사람도 없다.

공부, 친구, 가족... 어디에도 마음 둘 곳이 없다.

내가 이런 사람이라는 게 너무 싫다.

누가 나한테 '왜 웃지 않느냐'고 묻는다면,

나는 이렇게 대답할 수밖에 없다.

"기쁜 일이 있어야 웃지. 아무 이유 없이 뭐하러 웃어?"

그럼 타인은 또 이렇게 말하겠지.

"웃어봐, 그럼 기분이 좋아질 거야!"

하지만 내가 해줄 수 있는 말은 이것뿐이다.

"나는 어떻게 웃는지, 웃는 게 뭔지 잊어버린 지 오래됐어."

대학교 1학년이 돼서도 고등학교 시절에 느꼈던 학업과 인간관계에 대한 좌절과 공포에서
벗어나지 못했다. 심지어 대학 생활도 어떻게 해야 할지 몰라 막막했고, 자신감은 바닥으로
뚝 떨어졌다.

그런데 막상 병원에서 죽을 뻔한 고비를 넘기고 살아 돌아오니, 처음으로 아빠가 내 말을 끊지 않고 끝까지 들어주셨다.

"미안하구나. 네가 이렇게 힘든 줄 정말 꿈에도 몰랐다. 그저 네가 성질부리고 있다고만 생각했어. 진작 눈치챘다면 그냥 내버려두지 않았을 텐데, 진심으로 미안해."

알고 보니 아빠는 그동안 회사에서 계속 안 좋은 일이 있었던 모양이었다. 팀장의 무리한 요구가 점점 더 심해지고 있던 상황에서 갑자기 이런 일까지 터지자 자아 성찰을 하게 됐다고 속마음을 털어놨다. 그러고 나서 아빠는 엄마를 끌어안고 토닥이며 위로해주셨다.

"내가 당신한테 너무 무리한 요구를 한 건 아닌지 몰라. 집에서 딸이랑 같이 시간을 보냈다면 이런 일도 없었을 텐데…."

물론 자살이 가장 좋은 방법이라는 것은 아니다. 그러나 현실은 놀랍게도 변해 있었다. 이뿐만 아니라 입원한 지 하루 만에 담임 선생님께서 몸에 좋은 음식들을 가득 담은 상자를 들고 병실에 찾아오기까지 했다. 수많은 학생 중 가장 존재감이 없는 내가 선생님의 관심을 유일하게 받을 수 있었던 때였다.

선생님은 내게 이렇게 말씀하셨다.

"매번 남을 먼저 생각하면 언제 너 자신을 돌볼 수 있겠니. 이제부터는 너를 가장 최우선으로 생각했으면 좋겠어. 그래야 상처 앞에서

도 너를 지킬 수 있으니까. 혹시나 아이들이 방과 후에 네가 어떻게

됐는지 물어볼까 봐 얼마나 애탔는지 몰라. 눈물을 참느라 힘들었단

다."

행복하라고

강요하지 마

중학생이 되고 사춘기에 접어들면서 어떻게 '행복'을 누려야 되는지를 잊어버렸다. 사고방식도 비관적으로 변해서 무슨 일이든 가장 최악의 상황만을 떠올렸고, 신경 쓰지 않아도 될 일도 쉽게 벗어나지 못했다.

그 당시에 썼던 일기를 살펴보니, 중학교 3학년 때부터 가벼운 우울증이 나타나기 시작한 것으로 보인다. 그러나 우울증 확진을 받고 본격적으로 치료받기 시작한 시기는 고등학교 2학년 때부터다. 치료라고 해서 그리 거창하지는 않다. 매주 한 번씩 학교에 있는 상담실에서 상담 선생님과 면담하는 것이 전부였고, 가끔 가오슝대학 부설병원의 정신과 의사 선생님과 상담했다.

방학이 되면 정신과를 찾아다니며 진료를 받는데, 환자가 너무 많은 탓에 대화를 길게 나눌 수가 없었다. 대체로 5분이면 진료가 끝났다. 그러고 나서 수면제와 항불안제, 세로토닌을 처방해준다. 우울증 환자는 뇌에 세로토닌이 적게 분비되기 때문에 그 부족함을 약물로 보충해주는 것이다. 다만 약을 먹으면 식욕이 급격히 떨어질 수 있다. 이로 인해 음식에 대한 강박증이 생기기도 한다.

부정적인 생각을 하며 계속 살아오다가, 스스로 '이게 우울증이 아닐까?' 하고 인식하고 치료하기까지는 꽤 오랜 시간이 걸렸다. 처음에는 내 증상이 우울증과 관련이 있을 것이라고 생각하지도 못했다. 당연히 정신과나 신경정신과, 심리상담 같은 개념도 전혀 떠올릴 수 없었다. 그래서 '선천적 저혈압', '빈혈', '수면 과다', '기억력 감퇴' 같은 신체적 변화를 토대로 증상을 설명하는 것이 전부였다. 나중에서야 학교에서 우연히 캐비닛을 정리하다 발견한 '우울증 자가 진단 검사'를 통해 우울증 수치가 위험 수준의 최고 등급이라는 사실을 알게 됐다.

부모님은 평소 우울증 환자에 대한 심한 편견을 갖고 있었다. 종종 "누구누구가 우울증이 있대. 너무 안 됐어. 어쩌다가 그 지경이 됐을까?"라며 우울증을 폄훼하는 이야기도 하시곤 했다. 엄마에게 "우울증이 있는 것 같으니 병원에 같이 가줬으면 좋겠다"고 부탁했을 때도 비슷한 반응이었다.

"그냥 생각이 너무 많은 것뿐이야. 우울증은 무슨 우울증이야."

그 후에도 꾸준히 "견디기 너무 힘들어. 제발 병원에 좀 데려가 줘!"라고 요청했지만, 돌아오는 소리는 늘 똑같았다.

"앞으로 부정적인 생각을 안 하면 돼. 좀 즐겁게 살아봐!"

우리는 왜 우울증 환자에게 "긍정적으로 생각해. 조금만 힘을 내!" 라고 쉽게 말할까? 몸이 아픈 사람에게는 "네 세포들이 건강한 세포를 공격하고 있잖아. 가만히 내버려두면 안 돼!"라고 말하지 않으면서 말이다. 결국 상대를 바꿔 간호사 언니에게 도움을 요청했다. 언니는 나를 상담 센터에 데려가줬고, 그때부터 본격적으로 상담을 받기 시작했다. 나중에는 엄마도 어쩔 수 없이 병원에 데려가는 데 동의했다.

사실 최근 몇 년 동안 우울증 관련한 책을 읽으면서 '어쩌면 내가 먼저 우울증에 관해 깊이 공부해서 내 상태를 확실히 알았다면, 부모님께 내 상황을 좀 더 자세하게 설명할 수 있지 않았을까?'라고 생각했다. 예를 들어 보통 사람이라면 아프고 고통스러워 눈물을 흘릴 상황에, 나는 그저 마음속 깊은 곳에서부터 차오르는 슬픔을 느끼고만 있었다. '나라는 사람에게는 운도 따르지 않는구나', '난 살 가치도 없는 사람이야', '이렇게 아픈데 왜 아무도 나를 도와주지 않을까?', '난 사랑받지 못하는 존재구나'라는 생각만 했다. 이런 감정적

2011. 10. 12

아침 9시 30분.

오늘은 일찍부터 옷을 입고 준비를 끝냈지만 결국 학교에 가지 않았다.

요즘 들어 아무것도 하고 싶지 않다. 그냥 음악만 듣고 있다.

방학을 하려면 아직도 멀었지만, 난 벌써 혼자만의 방학을 즐기고 있다.

피하고 싶은 일들이 자꾸 넘쳐나서 학교에 가기 싫어진다.

휴학을 하고 싶지만, 그렇게 되면 내 일부가 사라져버릴 것만 같다.

나도 비워지고, 결국엔 아무것도 남아 있지 않을 것 같은 느낌이랄까...

사실 학교에 다시 돌아갈 수 있을지도 모르겠다.

마음이 참 허하다. 내 마음에 뭐가 있는지 나도 잘 모르겠다.

생각나는 대로 손에 잡히는 대로 꾸역꾸역 밀어 넣고 있는데도 마음이 휑하다.

어쩌면 계속해서 '뭔가'를 기다리고 있는 건지도 모르겠다.

근데 대체 뭘 기다리고 있는 걸까? 사람? 일?

어떻게 하면 '나'를 찾을 수 있을까?

그런데 할 수만 있다면 나를 놓아버리고 싶기도 하다.

이런 이상한 기분은 나만 느끼는 걸까?

고등학교 2학년, 아침 일찍 일어나 세수하고 옷을 갈아입고 학교에 갈 준비를 다 마쳤지만, 결국 학교에 갈 마음이 사라져서 결석을 하고 집에서 쉬었다. 담임 선생님은 스트레스로 고생하는 내게 휴학을 권유했지만 부모님이 허락하지 않았다. 나 또한 학교를 떠나면 영영 돌아올 수 없을까 봐 걱정됐다.

반응이 너무 강렬할 때면 부모님은 나를 어떻게 대해야 하는지 몰라 쩔쩔매시곤 했다.

어떤 날에는 수업 시간에 선생님 말씀이 무슨 얘기인지 하나도 알아들을 수가 없어 온종일 울다 결국 부모님에게 전화를 걸어 "학교 그만 다니고 싶다"고 하소연하기도 했다. 심할 때는 자살 충동을 느낀 적도 있었다. 작은 좌절에도 상상할 수 없을 정도의 참담함이 몰려와 비이성적이고 예민하게 반응했다. 그리고 더 큰 난관에 부딪히면 "죽고 싶다. 제발 죽게 내버려 둬"라고 아무렇지 않게 내뱉곤 했다. 정말 매 순간 진심으로 죽고 싶은 마음이 굴뚝같았다.

내가 이러는 이유가 '우울증' 때문이라는 사실을 꼭 부모님께 알리고 싶었다. 지금은 작은 농담에도 혹시나 상처를 받을까 봐 걱정돼서인지 두 분의 말투도 매우 조심스러워졌다. 조금씩 자신의 딸이 우울증 환자라는 사실을 받아들이게 된 것이다.

부모님의 무관심, 친구들의 따돌림, 바닥이 된 성적 때문에 불투명해진 입시… 내 인생은 그 자체로 비참하고 엉망이었다. 이때 의사 선생님은 이런 말씀을 하셨다.

"'사회적 지지'를 받을 수 있는 곳을 꼭 찾아봐. 그래야 네 상태가 좋아질 수 있어. 약만 먹는다고 절대 좋아지지 않아."

처음 이 말을 들었을 때는 슬프기만 했다. '믿을 만한 친구도, 가족도 없는데 어디에서 사회적 지지를 받을 수 있을까?'라고 생각했다. 나와 친구가 되고 싶은 사람이 있었더라도 내게 쉽게 다가오지 못했을 것이다. 나 스스로가 타인에게 마음의 벽을 쌓아놓고 지내왔을 뿐더러, 깊은 관계를 맺고 유지하는 일도 무척 서툴렀기 때문이다.

그러나 선생님이 하신 말씀을 곰곰이 곱씹어보니, 심리상담과 약물이 일시적인 고통을 덜어줄 수는 있어도 앞으로 남은 인생을 잘 살아내기 위해서는 '인간관계'라는 안전한 보호막, 즉 '사회적 지지'의 울타리가 필요하다는 의미였음을 알게 됐다. 고층 빌딩 안에는 누군가 떨어져서 다치지 않도록 중간중간 흰색 그물이 설치돼 있는 것처럼, 인간관계도 이와 마찬가지로 인생에서 어려움을 만났을 때 더 큰 위험에 빠지지 않도록 도와줄 것이다.

평소 감정 조절이 잘 안 되거나 무너질 것 같으면 일기를 쓰는 버릇이 있다. 그래서 종이와 펜을 항상 가지고 다니며 오늘 겪은 일이나 들었던 감정, 누군가 나에게 했던 말, 최근 본 영화나 책 등 수시로 뭔가를 적는다. 누군가에게 털어놓기 힘든 일도 일기에 적으면서 나 자신과 대화를 나누곤 한다.

최근에는 이루고 싶은 목표와 "넌 정말 대단해! 지난번에 쓴 글보다 이번에 쓴 글이 훨씬 좋아. 선생님도 소설가의 끼가 보인다고 했잖아. 넌 아직 어리니까 못해도 상관없어. 앞으로 꾸준히 노력하면 언젠가 최고가 되어 있을 거야. 절대 포기하지 마!"라고 격려해주셨던 선생님의 말씀을 적었다. 이제껏 살면서 '행운'이라는 단어와 어울렸던 순간이 거의 없었기 때문에, 행복했던 순간이 찾아오면 어떤 식으로든 기록해두려고 한다. 갑자기 우울한 상황이 닥쳐왔을 때 내게도 이런 좋은 순간이 있었다는 사실을 일깨워주기 위해서다. 설령 아주 몇 초간의 짧은 순간일지라도 말이다.

예전에는 혹시나 왜곡된 시선이나 이상한 특별대우를 할지 몰라 우울증을 앓고 있다는 사실을 사람들에게 당당히 말할 수 없었다. 그래서 가끔 우울증으로 인해 나 스스로를 통제하기 어려워지고 학교에서 내준 숙제를 완성하지 못하거나 사회의 기대에 미치지 못할 때 사람들에게 이것을 어떻게 설명해야 할지 막막하기도 했다.

대학에 들어와서는 마음이 괴로워도 아무렇지 않게 웃어 보일 수 있는 정도의 기술이 생겼다. 물론 그만큼 몰래 숨어 우는 날들이 더 늘어났지만 말이다. 시간이 지날수록 '웃는 가면'을 쓰는 일이 늘어났고, 결국은 사람들에게 속마음을 털어놓기가 더 어려워졌다. 더욱이 누군가가 나와 친구가 되고 싶어 할까 봐 걱정스러웠다. '가면을 쓴 나'는 진짜 내가 아니기 때문이다.

사회는 사람들에게 '긍정'과 '외향성'을 강요한다. 그렇기 때문에 이곳에서 살아가려면 긍정적이고 활발한 모습을 반드시 배워야 한다. 누구든 비관적이고 부정적인 사람과는 교제하기 싫어할 테니 말이다. 노력하면 빈틈없이 완벽한 모습을 연출할 수 있다. 하지만 여기에는 엄청난 심리적 에너지가 소모되기 때문에 며칠만 지나도 결국 지치게 되고, '본연의 나'로 돌아가고 싶은 생각이 굴뚝같아진다. 아무리 가면을 쓰는 데 능통한 사람일지라도 말이다.

하지만 이제 나는 가면을 쓰지 않는다. 남들에게 "나는 우울증을 겪은 이력이 있고 오랫동안 수차례의 치료를 받아왔다. 지금은 괜찮아졌지만 언제 또 재발할지도 모른다"고 태연하게 말할 수 있게 됐기 때문이다. 나를 더 이상 숨기지 않아도 되니, 좀 더 '나다운 나'가 된 기분이 든다.

심리 치료를 받을 때 가오슝대학병원의 한 정신과 의사가 내게 한 말이 지금도 인상 깊게 남아 있다.

"나도 너처럼 북일여고를 나왔어. 상위 1퍼센트만 입학할 수 있는 명문 고등학교이기도 했고, 정신과 의사라는 목표도 있었기 때문에 공부를 열심히 해야만 했지. 그런데 갑자기 1학년 때 성적이 크게 떨어지게 되면서 우울증이 온 거야. 그때 스스로를 참 많이 원망했었어. 하지만 돌이켜 생각해보니, 나처럼 또 너처럼 마음이 아픈 사람을 도와줄 수 있게 하려고 하느님이 날 훈련시킨 게 아닐까 싶어. 같은 상황을 겪어봤기 때문에 우울증으로 힘들어하는 사람을 훨씬 잘 이해할 수 있게 됐거든."

그렇다. 우울증을 직접 겪어봤고 심리학으로 우울증을 극복하기 위해 노력하고 있는 데다 평소 글쓰기를 좋아하는 나로서는 지금도 우울증과 싸우고 있는 사람들이나 감정의 굴레에서 벗어나지 못한 사람들에게 조금이나마 위로와 도움을 전해야 한다고 생각한다. 더 나아가서 사회도 그러한 사람들을 이해할 수 있게 된다면 더할 나위 없이 기쁠 것 같다.

나도 모르는 새

사라져버린 기억

쿵! 쿵! 쿵!

'생물 소녀'는 시험지에 답을 적으면서 어딘가 불안한 듯 연신 앞에 앉은 친구의 의자를 발로 쳤다. 시험이 시작되고 몇 분도 채 지나지 않았는데, 꾸벅꾸벅 졸더니 이내 책상에 엎드리고 자고 있었기 때문이다. 생물 소녀의 발길질에도 친구는 아무런 미동도 보이지 않았다. 선생님께 도움을 구해야 할지 확신이 서지 않는 상황에서 시간만 속절없이 흘러가고 있었다.

시험이 끝나가기 직전, 친구는 그제야 허리를 쭉 펴고 앉았다. 상황 판단이 잘되지 않는 듯 어찌해야 좋을지 모르겠다는 눈치였다. 몇 초가 지났을까. 정신을 겨우 차린 그녀는 시계를 보더니 자기 눈앞에 있는 생물 시험지의 답안을 다 채워 넣겠다는 생각으로 다급하게 답을 적어 내려가기 시작했다.

수업이 끝나는 종소리가 울리자, 생물 소녀가 그녀의 어깨를 툭툭 건드리며 말했다.

"야, 너 방금 왜 그런 거야? 갑자기 잠든 것 같아서 발로 계속 쳤는데 반응도 없고!"

내가 '생물 소녀'에 대해 기억하는 것은 그녀가 중간고사 생물 시험에서 99.8점을 받았다는 사실이다. 생물 소녀는 우리 반에서 머리가 가장 짧은 여학생이었다. 윤기가 흐르는 머리카락에 큰 눈을 가진 그녀는 심플하지만 비싸 보이는 안경을 쓰고 다녔다. 말할 때 간혹 무신경하게 말을 툭툭 내뱉을 때도 있지만 워낙 심성이 착해서 누구든 그녀와 함께 있다 보면 좋은 사람이라는 것을 알았다.

고등학교 시절, 쉽게 피곤함을 느끼는 탓에 나도 모르게 자고 있는 경우가 많았다. 다른 사람들이 수업 시간에 잠깐 졸 때 피곤함을 느끼고 나서 점점 잠에 빠져드는 것과는 달리, 나는 그런 중간 과정이 전혀 없었다. 언제 의식을 잃었는지, 잠들었는지도 모를 정도라서 정신을 차리고 나서야 잠들었다는 사실을 깨달았다. 심지어 잠들지 않으려고 뺨을 때리고 허벅지를 꼬집고 별의별 행동을 다 해봤지만 소용이 없었다. 전원 버튼을 누르면 바로 꺼지는 휴대폰처럼 완전히 방전되기 일쑤였다.

기분이 급격히 다운되거나 모든 일에 흥미를 잃는 것 외에도 쉽게 피로해지거나 갑자기 자신도 모르게 졸음에 빠져드는 것(기면증) 또한 우울증에 속한다. 거기다 인지능력도 감퇴한다.

고등학교 2학년 때, 석사 과정을 마친 선생님이 역사 수업을 진행한 적이 있었다. 체격도 좋고 온화한 말투에 기품이 넘쳐 여학생들의 인기를 독차지했다. 이과생들도 괜히 말 한마디라도 더 섞기 위해 딱히 궁금하지도 않은 역사 질문을 하러 선생님에게 찾아갈 정도였다. 그러나 당시 우울증을 겪고 있던 나는 아무런 관심도 생기지 않았고 호르몬 기복도 심했다.

그러던 어느 날 시험지를 들고 선생님을 찾아가 "선생님, 이 빈칸 채우기 문제 답이 뭐예요?"라고 물은 적이 있다. 선생님은 "교과서에 답이 있단다. 자, 여기 봐봐"라고 말하며 교과서 속 컬러 사진을 가리켰다.

사진을 보자마자 순간 '아차' 싶었다. 어쩌면 이렇게 말도 안 되는 바보 같은 질문을 했을까? 시험 문제와 교과서에 나온 문장이 토씨 하나 다르지 않고 똑같았다. 게다가 누구나 쉽게 찾을 수 있는 부분이었는데 이런 문제를 틀리다니, 쥐구멍에라도 숨고 싶은 기분이었다. 문제는 교과서의 그림을 보니 예전에 이 페이지를 본 기억이 언

2011. 01. 02

힘이 하나도 없다.

살고 싶지 않다.

지금껏 살면서 처음으로 느껴보는 감정이다.

나에게 부족한 것은 오직 '사랑'과 '관심'뿐이다.

어쩌면 내가 만족하지 못하는 것인지도 모르지만...

고등학교 2학년 때부터 심리 치료를 받기 시작했다. 삶에 대한 모든 흥미가 사라지고 몸이
축 처지며 게을러지는 것을 처음으로 느꼈다.

뜻 난다는 것이었다.

평소 수업 시간에 열심히 듣는 편이고 집에 와서도 철저하게 복습한다. 그런데 시험 기간만 되면, 아니 간단한 테스트를 보려 할 때면 왜 아무것도 생각나지 않는 걸까? 내가 선생님께 물어본 문제와 답도 생전 보는 것처럼 생소하기만 했다. 대체 어떻게 된 일일까? 당시에는 단순히 내가 열심히 공부하지 않아서 그런 것이라고 생각했고, 이후로 끊임없는 자책이 이어졌다.

하지만 아무리 생각해봐도 나는 열심히 공부한 죄밖에 없었다. 내 모든 여가생활과 수면시간을 포기하면서까지 최선을 다했는데, 어째서 공부한 것들이 기억에 남지 않는 걸까? 너무 억울했다. 막다른 골목에 다다른 나는 여기서 무엇을 더 포기해야 학습 능률을 높일 수 있을지 감이 오지 않았다. 기억이 사라지는 속도는 새로운 정보를 받아들이는 속도보다 몇 배나 더 빨랐다.

수학이나 물리, 화학 문제를 물어보러 교무실에 찾아가면, 선생님들은 항상 이런 말씀을 하셨다.

"되게 쉬운 문제인데? 잘 모르겠으면 교과서 먼저 보고 와. 자세하게 설명돼 있으니까 보고 나면 이해가 될 거야."

그런데 내 입장은 조금 달랐다. 교과서에 쓰여 있는 글씨 하나하나는 볼 수 있지만, 전체로 보면 무슨 말인지 이해가 잘되지 않았다. 수업 시간에도 마찬가지였다. 선생님이 하는 한마디 한마디는 이해할 수 있지만, 그 말을 합쳐놓으면 무슨 뜻인지 알아들을 수가 없었다. 어쩌다 겨우 이해한 말도 한순간에 기억에서 사라져버리곤 했다. 다시 기억해내려고 애써봐도 헛수고였다.

매번 변명 아닌 변명을 하다 보니 상황은 더욱 악화됐고, 결국 선생님은 내가 거짓말을 한다고 생각했다. 명문 고등학교에 들어온 학생이 자기 입으로 교과서가 이해되지 않는다는 바보 같은 소리를 하는데 누가 그 말을 믿어주겠는가?

만약 그때 누군가 나를 이해해줬더라면 좋았겠지만 불행히도 그런 사람은 없었다. 아니, 있을 수 없었다. 학교와 선생님은 입시 위주의 교육을 내세우기 바빴고, 심지어 학생들까지도 오직 성적에만 목을 맸다. 모두가 제한된 집중력으로 최고의 학업 성과를 내기 바쁜 만큼 그 속도를 맞추려면 안간힘을 쓰며 몸부림치는 것이 당연한 이야기처럼 여겨졌다. 이런 상황에서 뒤처지는 학생에게 관심 가져줄 사람이 누가 있겠는가?

기억력이나 이해력의 감퇴, 기면증 같은 문제는 모두 선천적인 결함이라고 생각했다. 하지만 사실은 모두 우울증 때문에 생긴 증상들이었다. 몇 년 전 우울증과 관련된 데이터를 보고 나서야 비로소 '이런 장애들이 모두 질병으로 인한 것이며 평생 이렇게 살지 않아도 된다'는 사실을 완벽히 이해하게 됐다. 후천적인 훈련을 통해 충분히 좋아질 수 있다는 것을 알고 직접 실천한 후로 스스로를 원망하고 자책하는 일이 훨씬 줄어들었다.

감정을 숨길수록
나는 '가짜'가 된다

한 독자가 나에게 "민주 양의 이야기를 읽다 보면 나란 사람은 슬퍼할 자격조차 없다는 생각이 들어요. 가끔은 한 번도 겪어보지 못한 상처임에도 내 일처럼 마음이 아파요. 제가 이상한 걸까요?"라는 내용의 편지를 보냈었다. 이에 대해 나는 이렇게 답했다.

"아니에요. 내가 느낀 아픔은 당신이 느끼는 아픔이랑 같아요. 당신이 슬프다고 느끼면 그게 '슬픔'인 거예요. 다른 사람과 비교하지 않아도 돼요. 그저 당신이 느끼는 대로 느끼면 돼요."

이 말은 사실 내가 생각해낸 것이 아니라 인본주의 심리학자인 칼 로저스(Carl Rogers)의 현상학(phenomenology)에서 강조하는 말이다.

즉, 인간은 내재된 지각과 경험을 외부의 실제적 환경보다 더 중요하게 느끼고 무엇을 느끼는가에 따라 의미를 다르게 받아들이기 때문에 모든 사람은 서로 다른 현상학적 시각을 갖는다는 얘기다.

남들에게 요즘 가장 듣기 싫어하는 말이 있다.

"이렇게 쉬운 걸 왜 고민해?"

"○○보다 네가 훨씬 잘했는데 왜 만족을 못해?"

이보다 더 싫은 말은 "너 원래 우울증 같은 건 없었지? 이렇게 멀쩡한데"라는 말이다.

누군가로부터 비난이나 비판을 받을 때마다 상대방의 말이 이성적인지, 그대로 받아들여도 되는지를 생각해본 적이 없었다. 그저 내가 무조건 틀렸다고 생각하고 또 그렇게 믿었다. 그래서 죽을힘을 다해 노력했는데도 제대로 해내지 못했을 때는 고통과 두려움에 사로잡혀 끊임없이 나 자신을 비난하고 자책했다.

*진짜 내 감정은 뭘까?

심리학을 배운 뒤 알게 된 것은 내면의 감정 기복이 아무리 심할지라도 겉으로는 전혀 티가 나지 않을 수 있다는 것이다. 다시 말해 자기 스스로를 길가에 아무렇게나 버려진 하찮은 돌덩이처럼 무의미하게 여기더라도 우리가 가진 능력으로 충분히 부정적인 감정을 숨길 수 있다는 얘기다. 그렇다고 덜 불행해질까? 우울한 감정에 휩싸인 채 하루하루를 살아가는 것은 매한가지일 것이다. 외면해도 외면할 수 없는, 분명하게 느껴지는 감정들이기 때문이다.

다른 사람에게 "너를 고통스럽게 하는 기억들을 잊어버리면 될 텐데 왜 사서 고생해?"라는 이야기를 들을 때면 내면의 고통은 점점 더 심해진다. 타인에게 '나'라는 사람을 인정받지 못하고 아픔을 느낄 권리조차 가질 수 없다면, 도대체 나는 누구란 말인가? 나는 어떻게, 무엇으로 존재해야 하는가? 내 존재의 의미와 자격은 어떻게 받아들여야 할까? 내 감정과 성격을 무시하고 감출수록 내가 느낀 것들과 나의 모든 것들이 가짜가 돼버리고, 심지어 무엇이 진짜인지조차 판단할 수 없게 된다.

그런 고통스러운 경험들을 겪는 와중에 현상학 이론을 배웠고, 이를 통해 다시 한 번 객관적인 시각으로 내 주변을 자세히 살펴볼 수 있었다. 현상학이란 인간의 의식과 삶의 과정에서 발생하는 다양한 현상을 포착해 그 본질을 객관적으로 파악하고 기술하려는 움직임을 뜻한다.

1. 자신의 감정 인정하기

"설령 이 일이 다른 사람에게 중요하지 않더라도 상관없어! 나는 이미 이 일 때문에 스트레스를 너무 많이 받았으니까."

자기가 느낀 감정이 바로 '진짜 감정'이다. 상대방이 당신을 악의적으로 비난하거나, 당신의 감정을 무책임하게 평가한다면 무시해도 좋다. 절대로 상대방이 당신을 공격하거나 별것도 아닌 일로 소란을 떠는 사람으로 취급하는 일을 당연하다고 생각하지 말자. 자신의 '진짜 감정'에 보다 집중하고 온전히 받아들여야만 방안을 세우고 문제를 개선할 수 있다. 남의 생각보다 '내 감정'이 더 중요하다는 사실을 잊지 말자.

2. 타인의 한계 이해하기

"왜 아무도 나를 이해해주지 않을까? 죽고 싶을 정도로 아프고 힘든데, 왜 아무것도 아닌 일에 유난 떤다고 생각하는 거지? 왜 아무도 내가 힘들다는 걸 믿어주지 않는 거야!"

힘들다고 누군가에게 고백하면, 내게 돌아오는 말은 고작 "멘탈이 약하니까 그렇지. 내가 너라면 안 그랬을 텐데"이다. 이 말이 세상에서 가장 듣기 싫다. 아니, 두렵다. 최선을 다해 노력했는데 그래도 안 되는 걸 어쩌란 말인가. 경쟁에서 이긴 사람만이 살아남을 수 있는 것일까? 그렇지 못한 사람은 살아갈 가치도 없다는 얘기일까? 그저 태연하게 '살아남는 현실'을 받아들이는 사람이야말로 대단한 사람으로 느껴진다.

시드니 오페라하우스 밖에서 산책하는 사람은 건물 안에서 얼마나 멋진 공연이 펼쳐지고 있는지 알 수 없다. 오직 건물 안에서 숨죽인 채 연주자와 함께 호흡하고 있는 사람만이 그 공연의 진가를 안다. 우울증이 있는 사람이 바로 그 오페라하우스 안에 있는 '연주자'라고 생각해보자. 훈련을 받아본 적 없는 보통 사람들은 그들이 만들어낸 다채로운 연주에 몸을 맡기고 온전히 즐길 수 없다. 건물 외부에서 사진을 찍거나 산책하는 관광객에 지나지 않기 때문에 그들의 얼굴 속에 가려진 '우울'이란 감정을 읽어낼 수 없는 것이다.

반면 한 번이라도 '공연을 관람한 경험'이 있는 사람이라면 어떨까? 그들과 지내본 사람이나 정신질환에 대해 배운 적이 있는 사람, 전문적으로 훈련받은 상담사라면 비슷한 감정을 공유해봤기 때문에 그들의 기분과 행동, 스타일을 어느 정도 이해할 수 있을 것이다.

이런 맥락으로 여러분에게 "사람은 모두 한계성을 지니고 있으며, 경험해보지 않은 일을 공감하는 일은 무척 힘든 일"이라는 것을 말해주고 싶다. 대부분의 사람은 타인의 감정을 있는 그대로 느끼지 못하고 이해하기도 어렵다. 누군가 내 감정과 마음을 과소평가하더라도 상처받지 마라. 단지 그 사람이 나를 이해할 능력이 부족할 뿐이며, 결코 당신의 잘못이 아니다.

[*] 나를 한번 믿어보자

칼 로저스는 "내 경험과 내가 알고 있던 자아의 개념이 다를 때 불안감이 엄습한다"라고 말했다. 우리는 이러한 불안감을 해소하기 위해 두 가지 방어기제를 사용하는데, 바로 '왜곡된 인식'과 '사실 부인'이다.

한 가지 예를 살펴보자.

"나는 별로 예쁘지 않은 것 같아."

"아니야. 네가 생각하는 것만큼 그렇진 않아."

나 스스로 못생겼다고 생각하는데 누군가 나에게 "못생기지 않았다"라고 말한다면 어떨까? 자기 생각과 경험이 불일치되면서 불안감을 느끼고 삐뚤어진 시각을 갖게 된다. 그러다 결국 '다른 사람이 날 칭찬하는 건 내가 정말 예뻐서가 아니라는 걸 다 알아!' 또는 '저 사람이 너무 착해서 내가 상처받을까 봐 그렇게 말해주는 것뿐이야'라고 여기고 만다. 수백 번 넘게 "예쁘다"라는 말을 들어봤자 그들이 일부러 듣기 좋은 말로 거짓말한다고 생각하기 때문에 그 말을 절대 믿지 않는 것이다.

자신의 성과가 아무리 좋아도 괴로움을 느끼고 자존감이 떨어지는 이유는 바로 이 때문이다. 자기 스스로 부족하다고 생각하기 때문에, 설사 칭찬을 받거나 누군가에게 인정받더라도 '진심이 아닐 거야'라고 치부하는 것이다. 만약 당신이 칭찬하는 입장이라면 상대가 이런 반응을 했을 때 놀라지 않아도 된다. 그저 그 사람이 느끼는 불안과 그렇게 생각하는 이유를 진심으로 이해하고 공감해주면 된다. 또한 당신이 우울증 환자나 비교적 자존감이 낮은 사람이라면 상대방의 칭찬과 선의를 있는 그대로 받아들이는 연습을 해보길 바란다. 한 번쯤은 다른 사람의 말을 믿고 누군가에게 칭찬받는 시간을 누려보는 것도 자기 자신을 믿는 좋은 방법이 될 수 있을 것이다.

이제껏 '사람을 미워하는 것은 잘못된 것'이라고 생각했다.

그래서 누군가가 괴롭히고 힘들게 해도 미워하지 못했다.

이제는 안다.

나에게도 누군가를 미워할 권리가 있다는 것을,

애써 용서할 필요도 없다는 것을.

Chapter 2

우울의 늪에
빠지다

'왕따'라는

말할 수 없는 비밀

개교기념일이 며칠 앞으로 다가오자 온 학교가 행사 준비로 시끌벅적해졌다. 겨울이 서서히 다가오고 있는지 학교 담 밖에 있는 나무들도 이미 황갈색 잎으로 옷을 갈아입었다.

그날 오후 학급회의는 평소와 달리 지루하지 않았다. 교탁 앞에서 콩샤오위가 자신이 그린 의상 디자인 자료를 들고, 자기 멋대로 계획한 축제와 개교기념일 여행 일정을 반 친구들에게 열심히 설명하고 있었다. 설명이 끝나갈 때쯤 마침 돌리고 있던 업무분장표가 그녀 손에 들어갔다. 그녀는 명단을 한 번 쓱 훑어보고는 매섭게 쏘아보며 소리를 질렀다.

"우리 반은 딱 41명이야, 그렇지? 만약 이 행사를 돕지 않는 사람이 있다면 지금부터 그 사람은 우리 반 학생이 아니라고 생각할게."

사실 우리 반 학생 수는 42명이다. 업무분장표에 체크하지 않은 사람은 바로 나였다. 딱히 도와주기 싫어서 그랬던 게 아니라, 정확히 무슨 내용으로 진행되는지 전혀 몰랐기 때문이었다.

마침 그때 고등학교 국어경시대회가 있어서 반마다 한 명씩 대표를 선발해 출전해야 했다. 우리 반에서 지원하는 사람이 아무도 없었을 뿐더러 말재주도 배우면 좋을 듯싶어 국어경시대회 대비반에 들어가게 됐다. 그런데 연습 시간이 학급회의 시간과 항상 겹치는 바람에 반에서 무슨 이야기가 오고갔는지 알 수 없었다. 게다가 의료봉사단 활동까지 하고 있어서 아침 자습 시간과 점심시간 대부분을 보건실에서 보냈기 때문에, 설령 쉬는 시간에 얘기했더라도 아무 정보도 듣지 못했을 것이다. 물론 조용한 성격에다 워낙 존재감도 없고 주변에 친구 하나 없던 내게 그녀가 진행할 축제에 대해 자세히 알려주는 사람도 없었다.

그날 학급회의 중반쯤에 대회 연습이 끝났다. 교실에 막 들어갔을 때 이미 업무분장표가 학급 내에 돌고 있었다. 어떤 내용으로 축제를 기획한 것인지 알지 못했던 나는 우선 업무분장표에 체크하지 않고 학급회의가 끝나갈 때쯤 자세한 내용을 물어보려고 했다. 하지만 그러기도 전에 콩샤오위가 공개적으로 나를 학급 내에서 제외시켜 버린 것이다.

하긴 이런 일은 이번이 처음이 아니었다. 마지막도 아니었다.

우리 반은 앉는 자리를 자기가 알아서 정한다. 자기 마음대로 앉으면 그만이고, 자리를 바꾸고 싶으면 알아서 자유롭게 바꾸면 된다. 결국 친한 사람들끼리 모여 앉게 되는 구조인 셈이다. 우리 반은 교탁을 기준으로 마치 음과 양처럼 반으로 갈라져 있었는데, 창문과 가까운 쪽은 조용하고 의대를 준비하며 열심히 공부하는 학생들이 대부분이었고, 복도 쪽은 다소 목소리가 크고 활발한 성격에 책이랑은 거리가 먼 학생들이 앉았다. 복도 쪽 아이들은 자기들 자리를 '로큰롤 구역'이라고 부르곤 했다.

어느 날 학급회의 시간에 담임 선생님께서 심히 걱정스러운 얼굴로 교실에 들어오시더니, 크게 한숨을 내쉬며 이렇게 말씀하셨다.

"조금 전에 한 학부모께서 교실이 너무 시끄럽고 학생들이 욕을 심하게 한다고 전화하셨다. 너희들도 조금 있으면 고3인데 이제 슬슬 입시 준비해야지, 안 그래? 학급 분위기 망치지 말고 조용히 지내길 바란다. 그리고 우리 학교 교훈이 '성실하고 착한 학생이 되자'인 거 다 알지? 이제부터 욕이나 불순한 말은 입에 담지 말고 말도 좀 곱게 하자."

담임 선생님 훈화에도 콩샤오위가 우두머리로 있는, 소위 '로큰롤 무리'는 잠잠해질 줄 몰랐다. 언뜻 보기에는 목소리가 작아지고 욕을 내뱉는 횟수가 줄어든 듯했지만, 근본적인 부분은 전혀 해결되지 않았다. 특히 콩샤오위와 그녀의 오른팔인 양쉬에칭은 쓰레기를 버리거나 손을 씻으러 교실을 나갈 때마다 괜히 시비를 걸며 나를 괴롭혔다.

둘은 나를 쳐다보며 일부러 다 들리게끔 크게 말했다. 양쉬에칭이 "뭐야, 아 정말 짜증 나네! 진짜 너무 싫어!"라고 말하면 "선생님이 말 예쁘게 하라고 했잖아. 까먹었어?"라고 콩샤오위가 답했다. 그러면 기다렸다는 듯이 양쉬에칭이 맞장구쳤다.

"아, 맞다. 누가 선생님께 일러바칠 수도 있겠네."

"그렇지. 말도 눈치 보면서 해야 되다니, 이게 말이 돼?"

몇 년이 지난 지금도 그녀들의 비웃음 섞인 목소리가 들려오는 듯하다.

며칠 후 콩샤오위가 내게 커다란 종이 한 장을 건넸다. 어렴풋이 기억하기로는 이런 식으로 적혀 있었던 것 같다.

"부모님이 17년 동안 널 기르셨는데 설마 네가 어떤 사람인지 모르시겠어? 우리가 마음에 안 들면 그냥 우리 앞에서 말해. 너희 부모님께 말해서 괜히 학급 분위기 흐리지 말고. 선생님이 비밀로 한다고 해서 누군지 모를 줄 알았니? (이외에도 입에 담지 못할 욕설이 쓰여 있었던 것 같은데 정확히 기억나지 않는다.) 이 편지는 나 혼자 쓴 거니까

할 말 있으면 나한테 직접 말해! 괜히 내 친구들까지 끌어들이지 말고. 콩샤오위(친히 사인까지 넣었다)."

그때는 어디서 그런 용기가 났는지 편지를 받자마자 그녀에게 다가가 한마디 던졌다.

"착각한 것 같은데, 선생님께 전화한 건 우리 부모님이 아니야. 그리고 잘못한 건 너희들이잖아."

그 말을 내뱉고는 교실 밖으로 뛰쳐나가 펑펑 울었다. 지금까지 우리 부모님은 학교생활에 관심을 가져준 적이 없었다. 연락망에 사인해달라고 해도 도장을 주면서 나더러 찍어가라고 할 정도였다. 심지어 학부모 회의에 와달라고 하면 시간이 없다고 거절하기 일쑤였다. 그런 분들이 담임 선생님께 전화를 해서 내가 공부할 수 있는 좋은 환경을 만들어달라고 요청하는 것은 정말 말도 안 되는 얘기였다.

마음이 너무 복잡했다. 그때 같은 반 친구 린야루가 다가와 나를 꼭 안아주고는 등을 토닥여주며 말했다.

"괜찮아, 괜찮아."

그녀가 위로해준 순간 묘한 감정이 밀려왔다. 그렇다고 해서 친한 친구 사이는 아니었기 때문에 그 후에도 속마음을 털어놓거나 어려움을 얘기하는 등의 도움을 구하진 않았다.

언젠가 같은 동아리에 있던 리우이신이 나에게 대뜸 이런 말을 건

넸다.

"너희 반의 쉬첸원이 너보고 좀 야비하다고 하던데?"

우리 학교는 한 학년만 해도 800명이 넘고 반도 21개나 있었다. 심지어 리우이신의 반은 우리 반과 상당히 멀리 떨어져 있을 뿐더러 쉬첸원과 나는 같은 반이긴 했지만 제대로 인사를 나눠본 적도 없었다. 그런데 쉬첸원은 잘 알지도 못하면서 왜 나에 대한 안 좋은 소문을 퍼트리고 다녔을까? 나중에 알고 보니 쉬첸원 역시 로큰롤 무리 중 하나였고, 일부러 나를 골탕 먹이기 위해 그랬던 것이다.

고등학교 2학년 2학기에 접어들면서 심리상담을 받기 시작했고, 학급회의 때마다 상담센터를 찾곤 했다. 버티기 힘들다 싶을 때는 조퇴를 하고 집에 가서 쉬었다.

그런데 하필이면 내가 조퇴한 날에 학급 임원 선거를 했다. 이 무렵 학생들의 입시 스트레스가 날로 심해지고 있어 아무도 학급 임원을 맡고 싶어 하지 않았고, 다음 날 학교에 와보니 뜬금없이 내가 '컴퓨터부 부장'이 되어 있었다. 평소 영어 수업보다 컴퓨터 수업을 더 힘들어하는 나는 의아하게 생각하며 귀차이린에게 어떻게 된 일이냐고 물었다. 평소 등하교를 같이하며 친하게 지내왔기 때문에 그녀를 '친구'라고 굳게 믿고 있었다.

"콩샤오위가 널 추천했어. 너 말고 다른 추천자도 없었고. 그래서 네가 하게 된 거야."

"넌 뭐했어? 왜 가만히 있었어? 나 그런 거 못 하는 거 잘 알잖아."

나도 모르게 흐느끼며 말했다.

"내가 어떻게 그래. 만약에 내가 나섰으면 다음번에는 쟤네가 날 괴롭힐 게 뻔한데."

이 말을 듣자 세상이 무너지는 듯했다. 정말 절망적이었다. 결국 나는 어쩔 수 없이 콩샤오위를 피해 이과로 전과해야 했다.

그동안 끊임없이 나 자신을 돌아보며 왕따의 원인을 찾아보려 애 썼다. 내가 공부를 못해서? 성격이 모나서? 아니면 못생겨서? 콩샤 오위가 아무 이유도 없이 나를 괴롭힐 리 없다고 생각했다. 하지만 아무리 생각해도 내가 뭘 잘못했는지 알 수 없었다. 다만 이런 생각 을 계속하면 할수록 우울증이 날로 심해졌다.

심리학을 배운 지금은 "내가 무엇을 잘못해서 따돌림의 피해자가 된 것이 아니라, 어디까지나 가해자 '마음대로' 피해자를 괴롭혔을 뿐이다"라는 사실을 잘 알고 있다. 가해자들은 누군가를 괴롭히고 따돌리는 자신의 행위에 저지하는 사람이 없도록 반 이상의 지지 세 력과 그 나머지인 침묵하는 목격자를 만든다. 가해자의 사회적 능력 과 주변 친구들의 지지도를 높이기 위해서다. 이보다 더 최악인 것 은 주변에 친구도 없고 딱히 반항하지도 못할 게 뻔한 사람을 골라 아무런 도움을 받을 수 없게 한다는 것이다.

당시 나는 내가 '따돌림을 당하고 있다'는 사실조차 인식하지 못했다. 그저 '친구들과 사이가 안 좋아서', '친구가 없어서', '과제에 도움이 되지 못해서', '같이 점심을 먹을 사람이 없어서' 등의 이유로 콩샤오위가 끊임없이 나를 괴롭힌 것이라고 생각했다. 더욱이 내가 생각하는 '따돌림'은 화장실에 가두거나 눈과 코가 퉁퉁 부을 정도의 폭행을 당하는 것이었다. 그런데 내가 당한 것은 나에 대한 유언비어를 퍼트리고 다른 친구들에게 나와 말을 섞지 못하게 했으며, 나를 비방하는 글을 쓴 것이 다였다. 그렇게 나도 모르는 새 집단 따돌림을 당하고 있었던 것이다.

어쩌다 이렇게까지 상황이 악화됐을까? 담임 선생님과 부모님에게 차마 "저 따돌림을 당하고 있어요, 제발 관심 좀 가져주세요. 도와주세요"라고 말할 수도 없었다. 내가 괴롭힘을 당하고 있는지도 몰랐고, 내 잘못인지 아닌지도 몰랐으니까. 다만 내가 아는 것은 '내 마음이 찢어질 만큼 아프고 괴롭다는 것'뿐이었다. 심할 때는 학교에 갈 생각만 해도 너무 괴로워 죽고 싶다는 생각이 절로 들었다. 한번은 학교로 걸어가는데 잠깐 의식을 잃고 차도 중간에 멍하니 서 있던 적이 있었다. 정신 차려보니 양옆으로 차들이 어깨를 스칠 만큼 가깝게 지나쳐갔다. 하지만 놀라기는커녕 차라리 이대로 차에 치였으면 좋겠다는 생각을 했다.

당시 우리 아빠는 다른 지역으로 발령이 나서 일 년 내내 집에 없었다. 그래서 엄마에게 "지금 너무 힘들어서 학교에 가고 싶지 않다"고 힘겹게 말했지만, 그저 학업 스트레스로 힘들어하는 것이라 생각하고는 "성적에 너무 민감해할 필요 없다"는 대답만 되풀이했다. 내가 왕따를 당하고 있을 거라곤 상상도 못하셨을 테니 어쩌면 당연한 일이었다.

따돌림 사건은 자연스럽게 담임 선생님 귀에 들어가게 됐다. 그러나 선생님은 아무런 조치도 취하지 않았다. 그때 선생님도 우울증 치료를 받고 있었기 때문에 나까지 신경 쓸 겨를이 없었던 거라고, 그렇게 믿고 싶다. 다른 선생님들도 입시 스트레스에 시달리고 있었고, 학급과 학교, 시험과 숙제 사이에서 분주하게 뛰어다니느라 몸이 두 개여도 모자를 판이었다. 이런 상황에서 '약자'가 아닌 사람은 아무도 없을 것이다. 어쩌면 우리 모두가 제도 아래에 있는 피해자인지도 모르겠다.

이 일은 여기서 끝나지 않았다. 대학만 가면 자연히 해결될 줄 알았다. 아무도 나를 알아보지 못할 테니 새롭게 시작할 수 있을 것만 같았다. 친구들도 사귀고 지금의 내가 아닌 다른 성격의 나로 살고 싶었다. 하지만 대학교 2학년 때 학생회 간부를 맡고 있던 나는 신입생 명단을 훑어보다가 순간 몸이 굳어졌다. 명단 속에서 어디선가 익숙하고 두려운 이름이 보였기 때문이다. 콩샤오위, 그녀가 다시 입학시험을 치르고 이곳에 입학한 것이다. 그녀가 내 '후배'로 들어오게 된 것이다.

갑자기 불안해진 나는 그녀가 또 대학 동기들을 부추겨 나를 따돌리려 하지 않을까 두려워졌다. 그때 학생회 친구가 나에게 조언을 해줬다.

"걱정할 거 없어. 고등학교 때는 그 아이들이 사람들에게 너를 제대로 알 기회조차 없게 세뇌시켜서 그렇게 할 수 있었는지도 모르겠지만, 지금은 아니야. 그때와 달라. 절대 그렇게 되지 않을 거야!"

친구의 따뜻한 조언에도 불안과 두려움이 쉽게 사그라지지 않아 결국 심리상담가의 도움까지 받았다.

"그렇다고 콩샤오위를 괴롭히면 안 돼. 그럼 너도 똑같이 가해자가 되는 거야. 다만 그 아이를 용서할 필요는 없어. 너에게도 그 아이를 미워할 권리가 있으니까!"

이 말을 듣고 나서야 속에 있던 무거운 짐을 비로소 내려놓을 수 있었다.

누군가가 괴롭히고 힘들게 해도 미워하지 못했다. 그저 온갖 시달림을 견디기 바빴다. 이제껏 '사람을 미워하는 것은 잘못된 것'이라고 생각했기 때문이다. 하지만 이제는 나에게도 그 아이를 미워할 권리가 있다는 것을 안다. 애써 용서할 필요도 없다.

공부를 잘하는 똑똑한 학생들만 모여 있는 집단이라도 '왕따'라는 어두운 그림자가 존재한다는 사실을 알았으면 좋겠다. 만약 당신이 그 자리에 있다면 용기를 내서 도움을 청하길 바란다.

여기에

내가 있어도 될까?

앞으로 발생할 일들에 대한 이해를 돕기 위해 내가 어떤 사람인지 알려주려고 한다. 내가 그리 대단한 사람은 아니지만 우울증 환자라고 해서 다 똑같진 않기 때문이다. 우울증이 비슷하게 나타나긴 하지만, 사람마다 성격과 경험, 유전자, 가정교육 등이 조금씩 다르게 때문에 차이가 있을 수밖에 없다. 그러므로 내가 겪은 일들을 읽으면 내게 왜 이런 일이 생기게 된 것인지 좀 더 이해하기 쉬울 것이다.

한 가지 부탁하고 싶은 것이 있다. 이와 관련된 연구 자료를 많이 찾아보고 내 상황과 비교해 최대한 주관적인 이야기와 객관적인 정보를 함께 담으려고 애썼지만, 자기 자신에게 '과도한 대입'을 하지 않길 바란다. 만약 진짜 도움이 필요하다면 전문 심리상담가를 찾아가보는 것을 추천한다.

먼저 수년 동안 마음 깊은 곳에 꼭꼭 숨겨뒀던 비밀 하나를 말해주려고 한다.

나는 대학에 갈 만한 자격이 없었다. 대학학과능력시험(대만에서 실시되는 대학 입시 제도)에서 꽤 괜찮은 점수를 받았지만 사실 그 성적은 내 성적이 아니다. 혹시 위험한 생각을 하고 있다면 그런 건 절대 아니다. '커닝' 같은 건 하지도 않았으며 내가 입학한 학교는 뒷돈을 주고 들어갈 수 있는 학교도 아니다. 그럼 대체 어떻게 들어갔을까?

고등학교 시절, 우울증으로 인해 기억력과 이해력이 바닥까지 떨어졌다. 국어책을 읽거나 글을 쓸 때면 단어는 이해하는데 그걸 문장으로 연결할 수 없었고, 문장의 핵심도 찾아낼 수 없었다. 영어 수업도 마찬가지였다. 모든 영어 단어를 레고 블록이라고 생각하고 각 단어의 모양으로 단어를 외우다 보니, 단어를 암송하거나 다른 곳에 응용할 수 없었다. 결국 모든 수업의 진도를 따라가기가 벅찼던 나는 여름방학마다 보충 수업을 필수로 들어야 했다.

고3이 됐을 때는 학업을 거의 포기한 상태였다. 아무리 해도 희망이 보이지 않았고, 나중에는 수업 시간에 수업을 듣거나 집에서 따로 복습하지도 않았다. 그래도 주어진 시간은 어떻게든 써야 했기 때문에 도서관에 가서 심심풀이로 책을 읽기 시작했다. 아무리 두꺼

운 소설도 기계처럼 쭉쭉 읽어나갔다. 그전만 해도 1년에 책 한 권을 제대로 읽지 못했다. 일부러 글자보다 그림이 훨씬 많은 아동서만 골라 읽곤 했다.

친구들이 영어 공부를 하거나 물리 문제 풀이를 열심히 베껴 쓸 때 나는 《바람의 그림자(The Shadow of the Wind)》와 《여자를 증오한 남자들(The Girl with the Dragon Tattoo)》 시리즈를 한 번에 완독했다. 교과서를 읽고 이해하는 것은 어려워하면서 소설은 어떻게 잘 읽을 수 있었는지 궁금해할 수도 있을 것이다. 교과서는 우울증을 앓고 있는 내가 많은 정보를 소화해야 했기 때문에 힘든 점이 많았지만, 소설은 그에 비해 부담이 없었다. 거기다 교과서는 반드시 이해하고 외워야 하는 스트레스가 있지만, 소설은 내용을 잊어버려도 나에게 뭐라고 할 사람이 아무도 없기 때문에 마음 편히 읽을 수 있었다. 실제로 그때 읽은 소설에서 기억나는 내용은 거의 없다.

내가 학업을 게을리하고 무단결석을 해도 엄마는 가만히 내버려 뒀다. 나를 위해서라기보다는 그냥 '버티기'로 타협점을 찾은 것뿐이다. 반 평균에서 한참 밑도는 성적을 받아와도, 함께 지낼 친구가 없어도 어쨌든 졸업장만 받으면 되니까. 하지만 그 사실이 너무도 절망스러웠다. 고작 종이 한 장을 얻기 위해 내 건강과 행복을 버려야 했으니까.

보통 영어 모의고사를 보면 50점 만점에 9점을 받았다. 영어 시험은 내가 제일 싫어하는 시험 중 하나였는데, 놀랍게도 대학학과능력시험에서는 40점을 받았다. 어떻게 이런 일이 가능했을까?

그날 영어 작문 시험 문제는 편지 쓰기였다. 어디서부터 손을 대야 할지 몰랐던 나는 순간적으로 기발한 생각이 떠올랐다. 시험지 앞장에 출제된 객관식 문제의 단어와 구절, 한 번 정도는 본 적 있는 문장은 전부 베껴 적어서 편지 한 통을 만들어냈다. 문제에 출제된 영어인 만큼 문법도 완벽할 테니 왠지 기본 점수는 받을 수 있을 것 같았다. 그리고 객관식 문제는 답이 아닌 것 같은 보기를 하나하나 지우다 보니 어느 정도 풀 수 있었다. 풀리지 않는 문제는 머릿속에 떠오르는 대로 'ACEDB'나 'BEDC' 순으로 적어 내려갔고, 주관식 문제는 문제가 무엇인지 정확히 이해하지도 못한 채 답을 적었다.

시험 다음 날, 반 친구들은 답안지를 돌려보며 대충 자기 점수가 어느 정도인지 확인했다. 하지만 나는 문제를 '풀었다'기보다 '찍었다'에 가까웠기 때문에 답을 정확히 기억하지 못해 점수를 매길 수 없었다. 시험 결과가 발표된 후에야 내 점수가 '40점'이라는 사실을 알게 됐다.

'고등학교 교과서도 제대로 이해하지 못하는 내가 무슨 수로 대학에 갈 수 있을까?'라고 생각했다. 그래서 진작 공부도 포기하고 대학에 갈 생각도 버렸다. 고등학교 내내 친구 한 명 없었는데 대학에 가서는 달라질 수나 있을까? 훨씬 복잡한 인간관계 속에서 여러 문제들과 마주할 텐데 그것을 어떻게 극복할 수 있을까? 현재 내 상태만 보더라도 일반 생활이 힘들 정도로 우울증이 심한데, 어떻게 외지에 나가 혼자 생활할 수 있겠는가? 수만 가지 생각을 해도 결국 내 대답은 '아니지, 아니야. 난 대학에 갈 필요가 없잖아'였다

성적표를 나눠주던 한 친구가 내 성적을 슬쩍 보더니, "너 시험 잘 봤네? 난 망했는데"라며 비꼬듯이 말했다. 나름 열심히 한다고 했는데 성적이 좀처럼 오르지 않은 모양이었다. 내가 본인과 비슷한 부류라고 생각했던 걸까? 그 친구는 내 성적을 보고 난 후 지금까지 내가 일부러 공부를 못하는 척했다고 생각하는 듯했다. 그럴 만도 했다. 평소 이런 성적을 한 번도 받아본 적이 없었으니까. 성적표를 받고 서랍 속에 바로 넣었다. 그리고 며칠 동안 꺼내보지 않았다. 언젠가 입시 센터에서 다른 사람의 성적과 내 성적이 바뀌었다고 통보할지도 모르는 일이었다.

그러던 어느 날, 담임 선생님이 나를 급하게 찾으셨다.

"대학학과능력시험에 신청한 사람은 선생님이랑 면담하고 자료 받아가라고 했는데 왜 안 왔어?"

"어, 저도 자료 받아가도 되는 건가요?"

자신감 없는 목소리로 대충 우물거렸다.

과연 내가 자료를 받을 자격이 있을까? 고등학교 3년 내내 몹시 무기력하게 보냈고 내신 성적도 엉망인 데다가 심지어 고등학교 시절을 추억할 만한 사진 한 장도 없었다. 면접에서 교수들에게 할 수 있는 이야깃거리가 하나도 없는 셈이다. 그런 내가 한없이 초라하게 느껴졌다.

아니면 교수님께 내가 '우울증 환자'라고 터놓고 말해버릴까? 그래도 될까? 아니다. 이런 얘기는 그런 자리에서 할 얘기는 아닌 것 같다. 병이 있다는 사실을 알면 대학을 다닐 만큼 우수한 사람이 아니라고 생각할지도 모른다. 입학 정원이 제한돼 있는 만큼 가장 우수한 학생을 선발할 것이다. 그런 면에서 보면 '우울증'에 관해 얘기해봤자 아무런 도움이 되지 못할 것이다.

이런저런 생각에 미치자, 나 스스로를 '머리끝에서 발끝까지, 그리고 성격조차 모두 망가진 폐품'이라고 단정 짓기 시작했다. 어쩌면 나는 대학보다는 정신병원이 더 잘 어울리는지도 모른다.

사람들은 "정신병 환자들은 모두 가둬버려야 해. 그래야 세상이 안전해져"라고 생각 없이 내뱉는다. 한때 나도 정신질환에 대해 그들과 똑같이 오해하고 무서워했다. 그런데 어느 순간부터 내가 사람들이 두려워하는 정신병 환자가 되고 나니, 그제야 '우리'가 사람들이 두려워할 만큼의 두려운 존재가 아니라는 사실을 깨달았다.

온갖 부정적인 생각에 사로잡혀 있을 때, 선생님의 말씀이 기나긴 침묵을 깨고 내 귓가로 들어왔다.

"네 수준에서 이 정도 성적을 받은 건 정말 기적이야, 안 그래? 학교에서 공부 좀 한다는 애들 전부 이번 시험에서 실력 발휘가 잘 안 된 거 너도 알지? 너는 적어도 중간 수준의 괜찮은 학교는 갈 수 있을 거야. 그보다 더 좋은 학교는 무리겠지만, 우선 이번 시험 점수로 지원해보는 게 좋을 것 같아. 한번 생각해보렴. 어떤 대학을 지원하면 좋을지는 나중에 다시 얘기해보자꾸나."

선생님의 '관심'이 어쩐지 차갑고 냉담하게 느껴졌다. 한결같이 뛰어난 학생이 아니었기 때문일까? 끝내 선생님께 아무런 말도 하지 못했다. 당시만 해도 정신질환에 대한 사람들의 이해가 낮다고 생각했기 때문에, 솔직히 얘기해봤자 나를 괴물 취급하며 가까이 다가오지도 않고 심지어 중세 마녀 사냥처럼 내게 무슨 짓이든 할 것만 같았다.

얼마 지난 후 순조롭게 대학 지원을 마쳤지만 내가 원하던 전공은 아니었다. 대학에 들어가서 2년 동안은 학업과 인간관계의 어려움, 인생 자체에 대한 고민 등으로 괴로운 시간을 보냈다. 거기다 '뜻밖의 요행으로 얻은 수능 점수로 인해 대학에 올 자격도 없었던 내

2011. 12. 05

내 진짜 모습을 숨기기 위해 열심히 노력 중이다.

사람들 앞에서는 기쁜 척, 즐거운 척, 행복한 척하며 살아간다.

하지만 더 이상은 힘들 것 같다.

나 자신을 마주하기도 힘들고,

이제는 물러설 곳도 내 몸 하나 둘 곳도 없다.

예전에는 친구가 없어서 고민이 있어도 얘기할 사람이 없었다.

지금은 친구는 있지만 다른 사람을 귀찮게 하는 것도 불편하고,

내 감정을 이해하지 못할 거라는 생각에 상대방의 얘기만 경청할 뿐,

정작 내 속내는 잘 꺼내지 않게 된다.

'혹시나 그랬다가 내가 어떤 사람인지 밝혀지기라도 한다면...'

'나에 대한 안 좋은 편견이라도 가지게 된다면...'

아직도 이런 두려움에 사로잡혀 있다.

나 자신을 속이면서까지 살아야 할까?

'비밀'이란 걸 남에게 꺼내 보이기가 이렇게 힘들다니.

참 어렵다.

내색하진 않았지만, 마음 한편에는 '다른 사람이 진짜 내 모습을 알게 되면 더 싫어하게 될지도 모른다'는 두려움이 있었다. 때마침 부정적인 생각을 가진 사람과 가깝게 지내면 불운이 따르게 된다는 이야기가 유행처럼 돌고 있었다. 그래서 홀로 외로움을 견뎌내며 더 많은 죄책감을 짊어지게 됐다.

가 여기서 뭘 하고 있는 걸까' 하는 생각이 머릿속을 떠나지 않고 마음을 더 혼란케 했다. 성적이 좋지 않으면 스스로 '원래 대학 같은 데 올 자격도 안 됐잖아?'라고 확신하고, 좋은 프로젝트에 참여하게 되면 '내가 여기 있어도 될까? 경쟁할 자신이 없는데'라고 생각하기 일쑤였다.

가끔 대학 동기가 고등학교 시절을 추억하는 이야기를 꺼내면 공감하기가 어려워 아무 말도 하지 못했다. 어느 날, 한 대학 동기가 친한 척을 하며 "너 ○○고등학교 출신이라며? 나도 거기 나왔어!"라고 말했다. 나는 어떤 반응을 해야 할지 몰라 가만히 있었더니, 어느새 그 아이의 얼굴은 새빨개져 있었다. 할 수만 있다면 인생의 텅 빈 3년을, 과거들을 다 지워버리고 싶었다.

내 대학 생활은 다른 사람과 아무래도 다를 수밖에 없었다. 텅 빈 3년의 시간을 채워나가야 했기 때문에, 다른 사람 같으면 7년에 걸쳐 겪어야 하는 경험들을 4년 안에 끝내야 했다. 정말 열심히 노력했다. 좋은 성적을 받기 위해 필사적으로 공부했고 모든 활동과 세미나에도 참석하며 다양한 사람들을 만날 기회도 놓치지 않았다. 원서도 많이 읽었다. 잠 잘 시간을 쪼개고 밥 먹을 시간도 없이 진도를 따라가기 위해 온 힘을 다했다.

이렇게 노력해도 부족한 부분들이 너무나 많았다. 더군다나 학교에는 소위 '능력자'들이 넘쳤다. A는 고등학교 때 일본 애니메이션을 보는 것을 좋아해 일본어 공부를 시작했고, 꽤 높은 수준의 일본어를 구사했다. B는 고등학교 때 춤 연습을 시작해 대학에 와서 눈부신 활약을 하고 있다. C는 고등학교 때부터 여러 프로그램에 참여해 자신만의 독특한 시각을 갖고 있었다. 한순간에 자괴감이 몰려왔다. '나도 고등학교 때 이런저런 경험을 할 수 있었으면 지금 이 모습은 아니었을 텐데' 싶었다.

고등학교 때 왕따만 당하지 않았더라면.

고등학교 때 우울증만 없었더라면.

고등학교 때 친구 한 명만 있었더라면.

그때, 나 자신을 지킬 힘이 있었다면.

공부는 아직도 내게 공포 그 자체다. 대학교 강의에서 사용되는 원서와 기말고사 영문 레포트에 적응하기 위해 어마어마한 시간과 노력을 들여야 했다. 흔히 말하는 '공부의 신'이나 영어나 수학을 잘하는 사람을 만나면 마냥 부럽고, 나와 같은 세상에 살고 있는 게 맞는지 몰래 감탄하곤 한다.

내게 필요한 능력,
눈치 보기

가족 내에서 외동딸인 것도 모자라 마치 태평양에 홀로 떠 있는 무인도처럼 사촌 하나 없이 자랐다. 사실 사촌 여동생 한 명이 있긴 하지만, 명절에 다 모였을 때 인사만 하는 정도일 뿐 따로 연락하고 지내진 않는다.

부모님과의 관계는 최근 좋아지긴 했으나 예전부터 워낙 좋지 않아서 크게 친근감을 느끼거나 하지 않는다. 그저 한 지붕 아래에 살고 있는 존재에 지나지 않는다. 일어나는 시간도 나가는 시간도 서로 달라서 밥 한 끼 같이 먹은 적도 없다. 두 분은 항상 바빴고, 아침 일찍 나가면 밤늦게나 들어왔다. 그래서 학교를 마치고 집에 들어온 나는 항상 혼자 놀 수밖에 없었다. 거의 어린 시절의 대부분을 카드 게임과 함께 보낸 듯하다.

아빠는 가부장적인 스타일이지만 회초리를 들거나 독단적인 결정을 내리고 강요하진 않았다. 다만 아빠와 대화를 하고 싶어 이야기를 먼저 꺼내면, 내 말이 끝나기도 전에 말을 끊고 본인의 생각을 납득시키기 바빴다. 내 의견 따위는 안중에도 없다는 듯이 말이다. 시간이 지날수록 자연스레 아빠와 이야기를 나누지 않게 되고, 힘든 일이 생겨도 속으로 삼킬 뿐 아빠에게 아무 얘기도 하지 않게 됐다. 어차피 아빠는 듣지 않을 테니까.

엄마는 극단적인 낙관주의자로, 상당히 보수적이고 물욕도 별로 없는 편이다. 어느 정도냐면, 내가 성적이 좋지 않아 좋은 대학에 들어갈 수 없을 것 같다고 하면 어디든 대학만 가면 된다고 말했을 정도다. 학교에 가는 게 무섭다고 하면 원래 배움의 길은 힘든 거라며 이겨내라고 하고, 친구가 한 명도 없어서 외롭다고 하면 친구 한 명 없다고 죽는 거 아니라며 본인도 친구 없이 잘 살고 있다고 위로 아닌 위로를 했다. 아빠와는 다르게 이야기를 나눌 수는 있지만, 엄마 역시 나를 완벽히 이해하지는 못해 하소연할 길이 없었다.

이런 가정환경에서 자랐기 때문인지 어렸을 적부터 사교성이 그리 좋지만은 않았다. 초등학교 때는 공주병에다가 기분 내키는 대로 행동해서 친구들이 나를 좋아해주지 않았다. 당시 반 친구들 중 한 명이 생일파티를 열었는데, 그 다음 날 학교에 가서야 나 빼고 모두

생일파티에 초대받았다는 사실을 알았다. 그때 무척 속이 상했던 기억이 난다.

중학교 때는 이사를 하게 되어 새로운 학교에서 적응해야 했다. 모난 성격 때문에 친구를 사귀지 못할까 두려워진 나는 조용하고 부끄러움을 많이 타는 사람으로 성격을 바꿨다. 친구들에게 미움을 받지 않기 위해 표정 하나하나, 동작 하나하나 세세하게 신경 썼다.

사회성을 제대로 배울 만한 기회가 없었던 나는 친구들 사이에서 '눈치 없는 아이'로 불렸다. 농담도 제대로 알아듣지 못하거나 너무 진지하게 반응해서 분위기를 갑자기 싸하게 만들기 일쑤였다. 말도 잘하지 못해서 친구의 노여움을 사기도 했다. 친구 관계는 피를 나눈 형제자매들과는 달라서 한 번의 실수로도 관계가 쉽게 끊어졌다.

눈치가 없는 편이다 보니 모든 면에서 남들보다 한 발짝씩 늦었다.

최악의 기억은 초등학교 2학년 때였다. 수학 선생님은 공식 설명을 다 마치고는 우리에게 문제를 살펴보라고 하셨다. 온 얼굴이 땀투성이였던 선생님이 내 옆에서 더위를 식히며 서 계셨는데, 그 모습을 보고 그만 아주 바보 같은 말을 내뱉고 말았다.

"선생님~ 너무 게으름 피우는 거 아니에요?"

이 말을 들은 선생님은 나를 마구 꾸짖으셨다.

"다 너희들 가르치느라 그런 건데, 게으르다고?"

2003. 11. 11

슬픔 속에 또다시 갇혀버렸다.

빠져나올 수가 없다.

땅바닥에 버려진 느낌이다.

싫다.

싫지만, 여전히 난 혼자다.

초등학교 2학년이었던 나는 눈치가 없어 친구들과 잘 어울리지 못했다. 지독한 외로움과
슬픔이 유일한 친구였다.

화가 난 선생님은 그 길로 교무실로 내려가셨다. 그렇다고 내가 정말로 선생님이 게으르다고 생각한 건 아니었다. 단지 유머로 던진 말에 불과했는데 그런 사태가 벌어진 것이다. 그렇다. 나는 유머가 무엇인지 제대로 이해하지 못한 것이다. 너무 놀라고 죄송한 나머지 사과를 드려야겠다는 생각을 했지만, 어떻게 사과드려야 할지 몰라 결국 하지 못했다.

어려서부터 극심한 열등감에 빠져 살았다. 가족들이 나와 사촌 여동생을 자주 비교했기 때문이 아닐까 싶다. 사촌 여동생은 성격도 좋은 데다 피아노도 제법 잘 쳤다. 달걀형 얼굴에 호리호리한 몸매와 유한 성격까지, 욱하는 성격에 거칠고 같이 있으면 불편한 나와는 정반대의 사람이었다. 그 애 옆에만 있으면 한없이 초라한 못난 호박꽃이 돼버리는 듯한 기분이 들었고, 자존감을 갉아먹는 가족 모임에 더 이상 참석하고 싶지 않았다. 이러한 외모와 성격에 대한 열등감은 다른 사람에게 말을 거는 데 큰 걸림돌이 됐다.

심리 상태가 늘 불안했을 뿐만 아니라 선천적 초고도근시와 저혈압, 빈혈도 있어 사회 활동을 하기가 매우 어려웠다. 말 그대로 활달하고 외향적이며, 매력 있고 누구에게나 환영받는 사람과는 거리가 먼 사람이 바로 나였다.

고등학교 때 가장 싫었던 중 하나가 바로 조별 연습이었다. 체육 시간에 매번 조를 나눌 때마다 나는 늘 깍두기 신세였다. 누구도 먼저 나서서 나와 같은 조를 하려고 하지 않았고, 나 또한 친구들 사이를 기웃거리며 끼워달라고 요청할 엄두도 나지 않았다. 그래서 멀찍이 떨어진 채 혼자 연습을 하곤 했다. 내심 선생님께서 혼자 남은 나를 보고 어느 조에든 끼워주길 바랐지만, 수업 시간 내내 선생님은 내게 눈길 한 번 주지 않고 혼자 연습하도록 내버려뒀다.

집에서는 제대로 된 사랑을 받지 못했고, 학교에서는 좋은 성적을 거두지 못했으며, 인간관계에서도 어려움을 겪었다. 거기에 타고난 허약 체질과 과도한 예민함까지 더해지니, 마침내 우울증이 나를 찾아왔다.

가면을 벗자,
'진짜 나'를 찾자

고등학교 3학년 때 대학 입학 면접이 너무 두려웠다. 모두가 '그 상황이라면 안 떨리는 사람이 어디 있겠어, 그냥 하는 거지'라고 생각하겠지만 나에게는 상상 이상으로 훨씬 더 괴로운 일이었다.

포트폴리오 준비는 정말 말도 못하게 힘들었다. 우선 자기소개서와 경력증명서 모두를 준비해야 했다. 내 식대로 표현하자면, 하나는 다른 사람 앞에서 내 속내를 적나라하게 드러내야 했고, 다른 하나는 별것도 아닌 일을 위대한 업적인 것처럼 포장해서 나를 알려야 했다. 다른 사람에게 나를 드러내려면 무엇보다 용기와 자신감이 필요하다. 평범한 사람들에게는 이런 일이 기껏해야 낮은 울타리 정도겠지만 나에게는 평생 넘을 수 없는 높은 산과 같았다.

"면접을 볼 때는 자신감이 있어야 해! 좀 더 적극적으로 해봐!"

모의 면접을 할 때 선생님께서 면접에 대한 지적을 많이 해주셨는데, 어쩐지 이런 선의의 표현도 내게는 상처로 다가왔다. 이런 말을 들을 때면, '다른 사람인 척하고 면접을 봐야 하나? 하지만 그건 내가 아닌데, 거짓말하기는 더더욱 싫은데, 그럴 능력도 없고…'라는 생각이 들었다. 만약 대학 교수들이 '자신감 넘치고 활달하고 적극적인 학생'만 원한다면 기준 미달인 나는 대학에 갈 수 없는 것일까? 그렇다면 나는 이 세상에 도태되는 존재이며, 내가 있을 곳은 그 어디에도 없을 것이다.

나를 두렵게 하는 또 다른 문제는 바로 '우울증'이었다. 나도 모르는 새 우울증을 겪으면서 사람들은 자연히 나와 거리를 두려고 했다. 당시 우울증이 생긴 원인이 무엇인지 알지 못했다. 유전자? 상처? 아니면 어쩔 수 없는 운명? 또한 우울증이 언제쯤 좋아질지도 당연히 몰랐다. 다음 달? 내년? 아니면 평생 이렇게 살아야 될 수도 있다. 확실한 것은 비록 나를 둘러싸고 있는 우울증이 어디서부터 온 것인지는 모르지만, 사람들에게 우울증의 부정적인 측면만 보이고 있다는 사실이었다. 이런 상황에서 마음속 어두운 비밀을 타인에게 속 시원히 말할 수 없었다.

그런 이유로 나는 철저히 '가짜의 나'를 만들어야 했다. 거울을 들여다보면서 웃는 걸 연습하고 나와 전혀 다른 나에 대한 자기소개서를 외우며 마치 태어날 때부터 활달하고 외향적인 사람인 척했다. 그런데 이상하게도 연습을 할 때마다 나 자신이 무너져 내리는 듯한 기분이 들었다.

'왜 나는 진짜 내 모습을 보여줄 수 없는 걸까? 이건 진짜가 아니야! 누군가의 도움이 늘 필요한, 그런 나약한 내 모습이 진짜란 말이야. 그런 나는 평생 하수도에 사는 쥐처럼 햇빛도 못 보고 살아야 되는 걸까? 가짜의 나로 살면 과연 행복할까?'

면접 당일이 됐다. 나와 3~4미터 정도 떨어진 곳에 교수님 세 분이 나란히 앉아계셨다. 그 사이에는 테이블 두 개가 놓여 있었다. 교수님들 손에는 내가 억지로 준비한 포트폴리오가 들려 있었다. 그리고는 살짝 미소 지으며 나에게 10분간 자기소개를 해보라고 하셨다.

가운데에 앉은 분이 학과장님이셨는데, 통통한 체격에 얼굴에는 온화한 미소가 가득했다. 하지만 입에서 나오는 질문들은 마음을 후벼 팔 정도로 날카로웠다. 그로부터 2년 후에 교수님과 면접에 대한 얘기를 나눌 기회가 있었는데 결코 고의가 아니었음 알게 됐다. 그럼에도 상처는 여전히 남아 있다.

"민주 학생, 아주 좋은 고등학교를 나왔네요. 대학학과능력시험 성적도 좋고요. 그런데 학교 내신 성적은 그렇게 좋진 않던데, 이 부분에 대해서 설명해줄 수 있나요?"

교수님의 질문에 나는 아무런 대답을 할 수 없었다. 여기서 어떻게 '우울증 환자'라는 사실을 밝힐 수 있을까? 또 시험 성적이 그저 '운'이었다고 말할 수도 없었다. 수만 마리 개미가 머릿속에서 왔다 갔다 하는 것처럼 정신이 없었다. 너무 불안하고 두려워서 거짓말을 해야겠다는 생각도 들지 않았다.

잠깐의 침묵이 흐른 뒤, 그녀가 다시 물었다.

"그럼 왜 이 전공을 선택했는지 말해줄 수 있나요?"

그 질문에는 솔직한 심정으로 이렇게 말하고 싶었다.

'제가 가고 싶은 심리학과는 감히 엄두도 내지 못하는 상황이에요. 그렇다고 다시 한 번 시험을 보고 싶지도 않고, 시험 스트레스를 이겨낼 자신도 없어요. 입학 기회가 왔을 때 그냥 잡으려는 것뿐이에요.'

이 얘기를 그대로 면접관 앞에서 한다면? 그렇다고 거짓말 하나 제대로 못하는 내가 무슨 수로 다른 얘기를 할 수 있을까. 조용히 입을 다물었다.

면접은 엉망진창인 채로 끝이 났다. 보나마나 불합격인 게 분명했다. 하지만 무슨 이유인지는 몰라도 합격 통지서가 날아왔다.

진학하고 맞는 첫 번째 여름방학 때 중국, 대만, 홍콩의 인지심리학계 관계자들이 모여 수업을 진행하는 프로그램에 1주일간 참여한 적이 있다. 점심시간에는 학술 문제에 대해 자유롭게 토론하기 위해 각 테이블에 교수님 한 분씩 배정됐다. 교수님들 대부분이 서로 친구 사이여서 그런지 저녁마다 연구생들과 함께 한 방에 모여 술을 마시거나 대화를 나누곤 했다. 당시 나와 몇몇 연구생들 역시 교수님들과 대화를 나누며 미래 연구 영역에 대해 열띤 토론을 벌이기도 했다.

며칠간을 수없이 망설이다가 용기를 내어 상담 영역에서 활동 중이신 교수님 한 분을 찾아갔다.

"선생님, 한 가지 여쭤보고 싶은 게 있는데요. 만약에 어떤 학생이 대학 입학 면접을 보러 왔는데, 알고 보니 학생이 우울증 환자인 거예요. 심리학 공부를 하면서 자신의 우울증을 이겨내고자 심리학과에 지원했다고 솔직하게 말한다면 과연 합격했을까요?"

내 말 속에는 '정신질환을 앓고 있는 사람이라고 해서 우수하지 않다고 판단하거나 입학을 거부하지는 않는 거죠?'라는 의미가 담겨 있었다. 교수님은 호쾌하게 웃으며 대답해주셨다.

"당연히 합격시키지! 그 친구에게는 정말 좋은 동기가 될 테니까. 그리고 심리학과에 다니는 친구들 대부분이 자기만의 어려움이나 문제를 갖고 있어. 자신을 더 깊이 이해하고 그것을 극복하고자 심리학 공부를 하기 시작한 거라고 할 수 있겠지."

교수님은 앞에 놓인 맥주를 한 모금 들이키신 뒤 다시 덧붙여 말씀하셨다.

"그리고 우울증 환자면 어때? 그게 뭐 큰 문제라고. 심리학을 공부하는 데 아무런 걸림돌도 되지 않아!"

온화한 미소를 지어 보이는 교수님을 보자, 그 순간 내 마음을 꽉 졸라매던 모든 매듭이 스르륵 풀리기 시작했다. '내가 긍정적이고 뛰어난 인재는 아니지만 그래도 여기, 이곳에 있을 자격은 있구나'라는 생각이 들었다. 그리고 부족한 것투성인 '나'라는 존재를 받아줄 수 있는 누군가가 있다는 사실에 크게 안도했다.

내가 멍청한 건
IQ 때문일까?

우리 중학교에 처음으로 과학 실험반이 생겼을 때, 그곳에 가입하려면 지능지수(Intelligence Quotient, 이하 IQ) 테스트에서 반드시 평균 이상의 점수를 받아야 했다. 당연히 나는 자격 미달이었다.

'내가 멍청해서 그동안 잘하는 게 하나도 없었던 걸까? 내 오른쪽에 앉은 T는 수업 시간에 휴대폰만 만지작거리고 교과서에 필기도 전혀 안 하는데, 어떻게 선생님 질문에 저렇게 대답을 잘할 수 있는 거지? 거기다 반에서 3등까지 하다니!'

고등학교 입학 후에도 IQ 문제는 계속해서 나를 괴롭혔다. 수업 시간에 집중하는 것은 물론이고 필기도 열심히 하고 예습도 철저히 하는데도 선생님이 알려주신 내용의 절반도 이해하지 못했다. 이렇게까지 노력하는데도 다른 친구들을 따라가지 못하는 것을 보니 이 정도면 정말 바보가 아닌가 하는 생각을 떨쳐낼 수가 없었다.

× 노력한다고 해서 다 잘 풀릴까?

중학교 1학년 때 IQ 테스트를 했는데, 결과가 나온 후 담임 선생님께서 이런 말씀을 하셨다.

"결과를 보고 정말 깜짝 놀랐어. 우리 학교에서 난다 긴다 하는 아이들의 IQ가 대부분 높지 않게 나왔더라고. 모두 자신의 피나는 노력으로 좋은 성적을 만들어낸 게 아닌가 싶어."

이 말은 나에게 한 줄기 빛과 같았다. IQ가 낮아도 노력만 하면 좋은 성적을 얻을 수 있다는 선생님의 말에 혹해 그 이후로 매일 집에 돌아와서 저녁 6시부터 새벽 2시까지 공부하기 시작했다. 교과서도 열심히 보고 연습문제도 엄청나게 풀었다. 영화도 인터넷도 전혀 하지 않았다. 공부 시간을 더 늘리기 위해 주말이면 외출도 하지 않고 가족 식사 자리도 마다했으며, 심지어 졸업여행까지 포기했다. 수면 시간도 반납하고 취미로 하던 요리와 바느질도 내려놓았다. '난 원래부터 다른 사람들보다 멍청하니까 더 많이 노력해야 해'라는 생각 때문에 무슨 일이든 열심히 했다. 학업 성적만 잘 유지할 수 있다면 아무 상관없었다. 결국 피나는 노력 끝에 전교 1등을 할 수 있었고, 명문 고등학교로 순조롭게 진학했다.

하지만 '노력만 하면 좋은 결과를 얻을 수 있다'는 믿음은 고등학교 입학 후에 산산이 무너져내렸다. 더 이상 포기할 시간도, 쉬는 시간도, 수면 시간도 없었다. 무엇보다 공부에 더는 올인하고 싶은 마음마저 없어졌다. '죽어라 노력해도 IQ 앞에서는 모두 소용없다'고 생각하며 서서히 공부에 손을 놓기 시작했다. 사실 몰랐던 것은 아니다. 그저 부정해왔을 뿐이다. 그전에도 문제를 풀다 모르는 게 나오면 불안해하면서도 애써 스스로를 격려하곤 했다.

'괜찮아, 문제를 많이 풀다 보면 이해되겠지!'

'잘했어, 노력하면 되잖아. 더 노력하면 돼! 못할 게 뭐 있어!'

위로하는 그 순간만큼은 마음이 편해지는 것 같았다. 하지만 그런다고 해서 문제가 풀리는 것은 아니었다. '할 수 있다'는 핑계로 오히려 더 중요한 것을 회피해온 기분이다.

고등학교 시절, 월말고사 성적을 정상 궤도로 올려놓기 위해 정말 말 그대로 발악을 했다. 공부 외에도 그림과 글이 빼곡한 백과사전, 도쿄대학교 학생의 필기 노트, 효과적인 시간 관리, 업무 효율 높이기, 수면의 질 향상에 대한 책 등 다양한 자료들을 찾아 읽었다. 못해도 한 번씩은 모두 정독했다. 그러나 아무런 변화도 일어나지 않았다. 여전히 선생님의 설명을 알아듣지 못했고 숙제도 제시간에 끝내지 못했다.

매일 밤 울면서 나 자신에게 이렇게 묻곤 했다.

'정말 멍청해, 아무리 노력을 해봐도 성적이 오르지 않다니. 더 이상 버릴 것도, 바꿀 것도, 가진 것도 없는데, 앞으로 어떻게 살아가야 될까?'

*IQ란 무엇인가?

그렇다면 IQ는 대체 무엇일까? 이에 대한 수많은 질문들이 마음속을 맴돌았다.

- IQ 테스트는 누가 만든 것일까? 왜 이것을 절대적인 기준으로 삼게 됐을까?
- 테스트 결과는 무엇을 의미할까? 똑똑한 정도? 그럼 '똑똑하다'는 의미는 무엇일까? IQ가 높으면 공부를 잘하고, 요리를 더 맛있게 하고, 농구를 잘하고, 사업을 잘 운영한다는 얘기일까?
- IQ는 과학자들이 예측한 개념인지, 아니면 뇌 안에 IQ를 주관하는 세포가 따로 있는 것일까? 기계로 측량할 수는 없는 걸까?
- IQ 수준으로 예측할 수 있는 것은 무엇일까? 좋은 대학에 갈 수 있을지? 좋은 친구를 사귈 수 있을지? 좋은 직장을 구할지? 결혼해서 행복하게 살 수 있을지? 만약 IQ가 앞으로의 삶을 정한다면 변화할 수 있는 기회는 아예 없는 것일까?

IQ에 대한 정의는 서로 다른 이론적 개념에 근거를 두고 있다. 즉, IQ는 심리학자의 실험과 통계 등 다양한 방법에 따라 산출된 어떠한 '개념'이며, 이 개념은 똑똑한 정도를 효과적으로 나타내는 데 쓰인다. 하지만 '똑똑하다'는 의미는 심리학자의 관점에 따라 서로 다르게 해석된다.

영국 심리학자 찰스 스피어먼(Charles Spearman)은 "모든 사람은 서로 다른 일반적인 지적인자 'G'를 가지고 있다"면서, "이 인자의 차이로 '똑똑함'과 '멍청함'의 정도를 알 수 있고, IQ 테스트 결과를 결정짓는 중요한 인자이기도 하다"고 말했다.

반면 미국 심리학자 하워드 가드너(Howard Gardner)는 '언어', '음악', '논리수학', '공간', '신체운동', '인간친화', '자기성찰', '자연친화'라는 독립된 8개의 지능으로 이루어져 있으며, 특정한 문화나 환경 속에서 문제를 해결하거나 결과를 만들어내는 능력이 바로 '지능'이라고 언급했다. 즉, 모든 사람이 지능을 가지고 있지만 각각의 조합이 다르기 때문에 개인마다 제각각 다른 재능이 발현된다는 것이다.

그의 '다중지능이론(multiple intelligence theory)'에 따르면, 지능은 개인의 특징(지능의 조합)에 따라 장단점이 서로 다르게 나타나기 때문에 절대 단 하나의 기준으로 인간을 판단할 수 없다. 만약 자신의 천

부적인 재능을 찾았다면 그에 관한 일은 충분히 잘해낼 수 있을 테지만 일반적으로 언어와 수학 등에만 치중돼 있는 현 교육 시스템에서 다른 지능을 계발하기란 사실상 매우 어렵다.

가드너의 다중지능이론을 이해하고 나니 한결 마음이 가벼워졌다. 학교 성적이 좀 떨어진다고 해서 그 사람이 '바보'인 것은 아니다. 공부가 아닌 다른 부분에 재능을 가진 사람들은 자신의 특출난 재능을 발견하고 성취감을 느끼는 데 다른 사람보다 시간이 조금 더 걸릴 뿐이다. 진정한 자신을 찾고 인정하려면 많은 시간과 노력이 필요하다는 사실을 이제야 깨달았다.

*IQ가 모든 것을 말해주지는 않는다

심리학자들의 오랜 노력과 수정을 거쳐 현재 가장 많이 활용되고 있는 지능검사법으로는 '웩슬러 지능검사(Wechsler intelligence scale)'와 '스탠퍼드-비네 지능검사(Stanford-Binet intelligence scale)'가 있다. 이 두 검사에 대한 신뢰도와 타당도는 매우 높은 편이다.

여기서 '신뢰도'와 '타당도'란 무엇일까?

신뢰도란 측정검사 결과에 대한 신뢰 정도를 뜻하며, 측정검사의 내부적 일관성이 있고 오차범위가 작으며 신뢰도가 높을수록 좋다. 체중을 잰다고 가정해보자. 체중계로 쟀을 때 '60킬로그램'이 나왔다. 한 시간 후에 다시 재보니 또 '60킬로그램'이 나왔다. 또 한 시간 후 다시 재보니 역시 같은 수치였다. '체중은 본질적으로 변하지 않는다'는 전제하에 체중계는 매회 같은 수치를 보여준다. 이를 통해 검사-재검사 신뢰도(test-retest reliability)가 높다는 것을 알 수 있다. 하지만 한 시간 간격으로 체중을 쟀는데 모두 다르게 나왔다면 어떨까? 마찬가지로 IQ 테스트에서 매번 검사할 때마다 다른 결과가 나온다면 이 지수를 신뢰할 수 있을까? 결과의 오차범위가 매우 클 뿐 아니라 신뢰도 또한 뚝 떨어질 것이다.

타당도는 '측정하려고 하는 것을 제대로 측정하고 있는가'와 '검사에서 필요한 정보를 얻을 수 있는가'에 대한 문제를 말한다. 한 가지 예를 들어보자. 체중을 재기 위해 체중계에 올라갔는데 그 기계에 '168센티미터'라는 숫자가 나왔다면? 알고 보니 그 수치가 '체중'이 아니라 '키'를 나타낸 거라면? 측정하고자 했던 '체중'에 대한 답을 주지 않은 경우, 우리는 측정 기계의 타당도가 떨어진다고 말한다. IQ 테스트에도 이것저것 다양한 문제들이 나열돼 있긴 하지만, 모든 문제들이 사람들의 IQ를 효과적으로 예측할 수 있는 것은 아니다. 이 경우 측정 테스트의 타당도가 떨어진다고 볼 수 있다.

위 내용을 통해 알 수 있듯이, IQ를 측정하는 테스트는 이론적으로 정의 내려져 있긴 하나 모두 심리학자들의 '추론'에 의해 정의된 것이기 때문에 '절대적인 정확성'을 띠는 것은 아니다. 그렇다고 해서 이런 테스트가 아무런 가치도 없다는 얘기는 절대 아니다. 이러한 이론과 테스트에서 무수히 많은 경험과 개정을 통해 '상대적 정확성'과 '쓸모 있는 결과'를 얻을 수 있기 때문이다. 실제로 이를 통해 인류의 사회제도와 생활의 많은 부분들이 개선됐다.

물론 양면성은 있다. 처음에 시행된 테스트는 지능발달이 떨어지는 아이들을 선별해 추가적인 도움을 주기 위한 선한 의도로 시작됐지만, 나중에는 이것으로 인해 시험지 한 장만으로 아이들을 나누기 시작했고 이 과정에서 지능발달이 부족한 아이들이 상처를 받고 자신의 가치를 부정하는 경우가 생겨났다.

가드너가 주장한 것처럼, 인간의 지능은 다양하기 때문에 우리가 지금 사용하는 테스트로는 제대로 측정하기 힘들며, IQ가 낮거나 학업 성적이 좋지 않다고 해서 인생이 실패한 것은 결코 아니다. 낮은 IQ에 집착하거나 좌절하지 말고, 자신이 가진 재능에 집중하고 키우는 데 노력하길 바란다.

미친 듯이 먹는 것으로 허한 마음을 채우고자 했다.

필사적으로 먹고 또 먹었다.

몸이 보내는 경고 신호를 진작 알아챘다면

마음의 병이 심각해지기 전에 누군가에게 도움을 요청했을 텐데….

Chapter 3

마음이
아픈 줄도 모르고

먹어도 먹어도
어쩐지 속이 자꾸 허하다

학기가 끝날 무렵 기말고사가 시작됐다. 그녀는 이번 학기에 30학점을 들어야 했다. 하지만 어떻게 해서든 이수해야 하는 스페인어와 보고문학, 무대설계 수업의 3D 모형설계도 아직 손도 대지 못한 상태였다. 정리해야 하는 동아리 평가데이터도 한 무더기나 남아 있었다. 주전자에서 뜨거운 물이 끓는 것처럼 치솟는 스트레스에 어찌해야 좋을지 난감해했다. 우선 내일까지 끝내야 하는 벽돌 크기의 유럽문화사 책을 머리에 힘겹게 이고 기숙사로 향했다.

깊은 밤, 기숙사에 인기척이 사라지자 그녀는 외투와 방 열쇠를 들고 학교 옆 야시장으로 서둘러 발걸음을 옮겼다. 얼마 지나지 않아 순살 프라이드치킨과 허니 바비큐, 햄 옥수수 부꾸미, 오코노미야키 등을 사서 기숙사로 돌아왔다. 무려 세 명이 나눠 먹어야 할 정도의

양이었다.

사 온 음식들을 책상에 한가득 펼쳐 놓고는 급하게 먹기 시작했다. 딱히 배가 고픈 것은 아니었다. 하지만 무의식적으로 허겁지겁 입에다 밀어 넣어댔다. 3분의 1쯤 먹었을 때, 그녀는 화장실로 달려가 구역질을 했다.

그녀는 '신경성 폭식증(bulimia nervosa)'을 겪고 있었던 것이다. 스트레스와 부정적인 감정으로 인해 생기는 폭식증은 자기 자신도 모르는 사이에 진행되며, 일반적으로 단시간에 많은 양의 음식을 섭취한 뒤 구토, 거식, 과도한 운동 등 체중 증가를 막으려는 비정상적인 행위와 함께 나타난다. 폭식증 환자여도 BMI 수치가 정상 수준으로 나올 수 있기 때문에 외관만으로는 판단할 수 없다.

여기서 '그녀'는 대학교 2학년 때의 나다. 스트레스가 걷잡을 수 없을 정도로 심해지자 폭식도 나날이 심해졌다. 밖에만 나갔다 하면 야시장으로 향했고, 주머니를 탈탈 털어 야식을 사 먹기 일쑤였다. 그때마다 돈 한 푼 없는 빈털터리가 되거나 에어쿠션만큼 배만 불뚝 나왔다. 내 행동이 잘못됐다는 것을 알았지만 당시에는 아무리 울어도, 아니 내가 죽어도 이 무력감이 해결되지 않을 것 같았다. 그래서 미친 듯이 먹는 것으로 허한 마음을 채우고자 했다. 필사적으로 먹고 또 먹었다.

친구들과 음식을 먹을 때는 일부러 적당량만 주문했고, 혼자 있을 때만 공깃밥이나 사리면을 추가하거나 한밤중에 야식과 간식을 대량으로 먹었다. 이렇게 숨어서 먹은 덕분에 실제로 평소에 얼마나 먹는지는 나 말고 아는 사람이 아무도 없었다. 게다가 전형적인 폭식증의 증상인 폭식 후 구토도 없었다.

대신 살이 찔까 불안해서 운동량을 늘렸다. 심하게는 동시에 농구부와 배구부, 배드민턴부, 응원단까지 가입했고 오후 쉬는 시간에도 수영을 했다. 그렇게 매일 근육통에 시달릴 정도로 운동한 탓에 기숙사로 돌아오면 온몸에 힘이 빠져 침대에 그대로 엎어졌다.

당시에는 내가 왜 이러는지 도무지 알 수 없었다. 기껏해야 '남들이 알면 좀 부끄러운 비밀'이라고만 생각했다. 그런데 이상심리학 수업을 듣고 나서야 비로소 나에게 '신경성 폭식증'이 있다는 사실을 알게 됐다.

미국 정신의학협회(American Psychiatric Association)에서 출판한 《정신질환 진단 및 통계 편람(Diagnostic and Statistical Manual of Mental Disorders, DSM)》 제5편에 따르면, 폭식증에는 두 가지 특징이 있다. 하나는 단시간 내(두 시간가량) 엄청난 양의 음식물을 섭취한다. 보편적으로 일반인의 두 배 이상을 먹는다. 다른 하나는 음식물을 섭취한 이후 통제가 불가능할 정도로 강렬한 운동 욕구가 생긴다. '폭식'과 '이상 행동'은 한꺼번에 나타나며 1주일에 1회, 이와 같은 상태가 약 3개월 이상 지속된다. 일반적으로 신경성 폭식증은 청소년 말기 또는 성인 초기에 처음 발생하며, 90퍼센트 정도가 여성에게 나타난다. 그 가운데 유병률은 1~2퍼센트다. 내 경우가 바로 이 연구 결과처럼 성인 초기인 대학교 2학년 때 처음으로 폭식 증상이 나타났다.

나중에는 증상이 자주 나타나지 않아서 크게 신경 쓰지 않다가 대학교 3학년이 된 해에 또다시 폭식증이 나타났다. 주제 연구와 실습 활동, 아르바이트가 계속되자 컨트롤이 안 될 정도로 폭식증이 심해진 것이다. 하지만 스트레스의 근원을 즉시 처리할 수 없었기 때문에 일단 조퇴를 하고 정신과에 진료를 받는 것으로 대신했다.

"지금은 식욕을 억제할 수 있는 약을 처방해주는 것 말고는 딱히 방도가 없네요. 생활 리듬을 잘 조절하시길 바라요. 항상 뭐든 급하게 배워야 한다는 마음을 먼저 내려놓으세요. 이렇게 시간적 여유 없이 살다가는 나중에 정말 큰일 날 수도 있어요."

안타깝게도 식욕 억제 약은 아무런 도움이 되지 않았다. 약을 먹으면 딱히 배가 고프진 않지만, 뭔가를 먹고 싶다는 생각을 멈출 순 없었다. 결국 습관적으로 뭔가를 입에 집어넣었다.

무엇이 문제였을까? 신경성 폭식증을 경험하고 건강에 빨간불이

켜지자 내 생활을 다시 되짚어보기 시작했다. 돈이 아깝다는 이유로 같은 학비를 내는 김에 들을 수 있는 한 최대 학점을 들었다. 시간만 나면 아르바이트를 해서 돈을 벌었다. 하나에 꽂히면 푹 빠져드는 성격 때문에 항상 바쁜 생활을 보냈다. 그런 생활패턴으로 인해 날이 갈수록 스트레스가 점점 심해졌고 건강에도 적신호가 켜졌던 것이다.

변화가 필요했다. 이런 상황에서 아무리 애를 써봤자 건강을 회복할 수 없을 것이라 확신했다. 무쇠로 만든 로봇이 아닌 이상 이런 생활 방식을 계속 유지할 수 없는 노릇이었다.

흔히들 적게 자고 일의 효율성을 높여야 성공할 수 있다고 생각한다. 더 많이 성장하고 더 많은 돈을 벌려면 어쩔 수 없는 일이라고 스스로를 위로하면서 말이다. 하지만 그렇게 살다 보면 자연스레 건강을 돌아볼 시간이 없어지게 된다. "청산이 남아 있는 한 땔감 걱정은 없다(留得靑山在, 不怕沒柴燒)"라는 말이 있다. 기본을 착실하게 갖추면 나중 일은 걱정할 필요가 없다는 뜻이다. 몇 푼 더 벌자고 건강을 버리지 말자. 몸을 제대로 관리해야 나중에 병원비를 한 푼이라도 더 아낄 수 있을 테니까.

이외에도 신경성 폭식증 같은 정신질환은 신체적인 반응이 있어도 잘 알아채지 못한다. 고작 '내가 요즘 식탐이 늘었나 보네' 정도로만 느낄 뿐 '질병'으로 인식하지 못한다. 일전에는 지인 중 한 명이 가슴이 답답하고 잠을 통 못 자고 두통에 시달려서 심장내과와 흉부외과, 뇌혈관센터, 신경외과 진료를 받은 적이 있었는데, 병의 원인을 찾을 수 없었다고 한다. 그러다 마지막으로 정신과 치료를 받게 됐고, 그제야 우울증 진단을 받았다.

정신질환의 증상과 발병 원인(스트레스, 유전 등)에 대한 이해를 어느 정도 갖춘다면 정신질환 환자들에 대한 이해의 폭도 넓어지고, 병에 대한 자각도 좀 더 빨라져 심각해지기 전에 진료를 받을 수 있을 것이다. 이 기회를 빌려 삶의 패턴을 균형 있게 만들어 발병 요소를 줄일 수 있기를 바란다.

미움받을 용기?

말도 안 되는 소리!

"민주, 걔 어떤 거 같아?"

교내에서 다양한 활동을 하고 있는 3학년 샤오미 선배가 입을 열었다.

"엄청 좋은 분 같았어요!"

대학에 갓 입학한 한 신입생이 환하게 웃으며 대답했다. 그 대답에 샤오미 선배가 몹시 격분하며 말했다.

"내가 충고 하나 해줄까? 걔 절대 그런 애 아니야."

이 대화는 대학교 2학년, 새 학기가 시작하기 1주일 전 '신입생 환영회'에서 이루어졌다. 각 과에서 '가족제도'라는 이름으로 동기 3명이 한 가족을 이루어 선배들이 앞으로 들어올 신입생들을 도와주고 보살펴주는 일종의 프로그램이었다. 일명 '가족 모임'을 열어 신입생들과 서로 편하게 질문하고 대답하는 시간을 가졌다.

그날 저녁, 같은 과 친구가 잔뜩 걱정스러운 얼굴로 내 방에 들어왔다.

"방금 모임에서 샤오미 선배가 후배들한테 네 험담을 하던데…. 에이, 아니다. 괜히 신경 쓰지 마, 내 말 그냥 잊어버려!"

개강 전에 반드시 수강신청을 해야 하는데, 과 모임이나 학생회 모두 신입생에게 수강신청 방법을 안내하기에 시간이 부족했다. 나 또한 입학 당시 수강신청 시스템에서 한참을 헤맸던 경험이 있었기 때문에 신입생들이 무엇을 걱정할지 너무도 잘 알고 있었다.

또 오지랖 하면 나 아닌가. 할 수 있다면 선배로서 도움을 주고 싶었다. 먼저 페이스북을 통해 신입생들과 안면을 트고 수강신청과 대학 생활에 대한 질문에 하나하나 답해줬다. 나 역시 남쪽 지역에서 타이베이로 넘어와 낯설어할 때 기숙사에 사는 같은 과 선배가 야시장과 시내를 데리고 다니며 문구점이나 시장이 어디에 있는지 친절히 알려줬었다.

나는 타인에게 무슨 행동을 할 때 결코 고마움이나 보답을 바라고서 하지 않는다. 그저 혹시라도 다른 사람이 나와 같은 어려움을 겪을까 싶어 습관적으로 돕는 것뿐이다. 어쨌든 내 일처럼 발 벗고 여러 도움을 준 덕분에 신입생들 사이에서 나에 대한 이미지가 자연스레 좋아졌으리라 생각이 든다.

샤오미 선배가 나를 미워하는 것까지는 그 사람의 마음이니 어쩔 수 없다고 치자. 하지만 신입생들까지 나를 미워하게 만드는 것은 어른답지 못한 행동이 아닐까? 나를 직접 겪어보고 내가 어떤 사람인지 판단하게 내버려둬야 하지 않을까?

고등학교 때도 비슷한 일이 있었다. 나를 알지도 못하는 사람들이 헛소문만 듣고 나를 싫어하고 심지어 괴롭히는 것을 도와주기까지 했었다. 그 시절 기억에서 겨우 벗어났는데, 또다시 같은 일을 겪어야 한다는 게 두려웠다.

샤오미 선배가 나를 싫어하게 된 계기는 아마도 'MT 준비'를 할 때부터였을 것이다.

우리 과 MT는 3학년을 주축으로 2학년이 도와 신입생 환영회처럼 진행된다. 한 기수에 30명 정도여서 인력이 상당히 부족한 탓에 이런 행사를 진행할 때마다 힘든 점이 많았다. 심지어 당시 나는 복수전공을 하고 학생회 간부까지 맡느라 정신없이 바쁜 데다가, 주말에는 아르바이트까지 해야 했기 때문에 물리적으로 MT 준비를 도맡아할 수가 없었다. 그러나 워낙 부족한 일손에 선배들이 계속해서 부탁을 해왔고, 거절을 잘하지 못하는 성격 때문에 어쩔 수 없이 환경미화팀에 들어가게 됐다. 이 팀에 들어간 이유는 단순히 개강 전에 마무리를 지을 수 있기도 하고, 현장팀이나 시설팀처럼 이리저리 뛰어다니지 않아도 됐기 때문이었다.

3학년 선배들은 행사의 질을 높이기 위해 노력했다. 그러면서 자연스레 참가비도 작년보다 많이 오르게 됐는데, 정확한 참가비는 행사 시작 며칠 전에 알려주기로 했다.

나는 억지로 MT에 참석하고 싶지 않았다. 원래는 종이 자르기와 이름표 만들기만 도와주고 행사 당일에는 참석하지 않을 생각이었다. '시간도 아끼고 돈도 아끼자'는 마음이었다. 그리고 마침 같은 과 동기가 행사 전에만 도와주고 당일에 참석하지 않으면 MT 참가비를 내지 않아도 된다고 해서 정말 그런 줄 알았다.

MT 참가비는 무려 1,600위안(약 26만 원)이었다. 꽤 큰돈을 내야 했다. 게다가 원해서 참석하는 것도 아니고 필요한 물품을 만들어주고 행사 진행을 돕는 것만으로도 나로서는 최선을 다한 것이라 생각했던터라 굳이 참가비까지 낼 필요가 있을까 싶었다. 그래서 3학년 선배에게 MT에 참석하고 싶지 않으며, 참가비도 내고 싶지 않다고 솔직히 말했다. 그런데 선배는 의외의 말을 했다.

"MT에 참가하지 않더라도 참가비를 내는 게 좋을 거야. 이미 비용이 너무 많이 들어가서 네가 참가비를 안 내면 다른 사람들이 네 참가비를 나눠서 내야 하는데, 그럼 다른 사람들이 부담스러워하지 않겠어?"

　도무지 믿기 어려운 말을 스스럼없이 하는 선배의 말을 넋 놓고 가만히 듣기만 했다. 설령 올해 행사 준비를 처음 진행해봐서 비용이 얼마나 들어갈지 몰랐다고 하더라도, 전년도 행사 예산 명세서를 분명 참고했을 것이다. 그런데 자기들의 계산 오류를 왜 참가자들에게 떠넘기는지 이해할 수 없었다. 물건 하나를 사더라도 가격을 미리 확인한 뒤 구매 여부를 결정할 텐데, 왜, 어째서, 비용을 다 내고 나서 남은 경제적 부담을 학생들에게 떠넘기는 것일까? 무엇보다 이것을 거부할 권리가 우리에게 없다니, 말도 안 되는 일이었다!

　의분에 가득 찬 나는 이 일이 단순히 내 권익에 손해를 입혔을 뿐만 아니라 제도적으로 문제가 있다고 판단해 담당 교수님을 찾아갔다. 교수님은 내게 이렇게 말씀하셨다.

　"사실 네가 억지로 참가비를 낼 법적 근거는 어디에도 없어. 그런데 정말 그럴 생각이니? 그러면 나중에 선배뿐 아니라 동기들과도 사이가 많이 안 좋아질 텐데."

　그때만 해도 사람들에게 미움받을 준비가 충분히 되어 있다고 생각했다. 각종 아르바이트로 지칠 대로 지쳐 있던 나에게는 1원 한 푼도 너무나 소중했기 때문에, 흥미도 없는 비싼 MT 참가비를 결코 내고 싶지 않았다. 또한 내 안에 불타오르는 정의감이 불합리한 제도가 있다면 반드시 바꿔야 한다고, 자기 한 몸의 안일함을 위해 모른 척하면 안 된다고 끊임없이 속삭이고 있었다.

하지만 내가 틀렸다. 내가 나를 과대평가해버렸다. 사실은 미움받을 용기가 아직 한참이나 부족했던 것이다.

전공 수업을 마친 어느 날이었다. 3학년 선배와 MT 준비 위원회 간부들이 내 책상을 둘러싸고는 고래고래 소리를 질렀다.

"너 정말 웃긴다! 네가 뭐라도 된다고 생각하나 봐?"

그중에서 긴 머리의 농구부 후배가 마구 화를 내면서 몇 마디 쏟아냈다. 그 순간을 떠올리면 지금도 가슴이 철렁 내려앉는다. 이런 상황이 올 것이라, 이런 말을 들을 것이라 정말 상상도 하지 못했다. 어떻게 된 일인지 설명하려 했지만 결국 헛수고였다. 그들은 안팎으로 내가 얼마나 형편없는 사람인지 떠들고 다녔다. 결국 깊은 우울감에 빠지고 말았다.

강의실은 침묵으로 가득 찼다. 이런 일이 있기 전에는 나에게 우르르 다가와 자기들도 사실 MT에 가고 싶지 않다며, 다 같이 MT비를 내지 말자며 뜻을 같이 하자고 해놓고, 알고 보니 나만 빼고 다들 착한 양이 돼서 MT 참가비를 모두 내고 온 상태였다. 나는 대체 왜 나를 배신했는지 물었다. 그러자 한 명이 대답했다.

"미안해, 그냥 일을 크게 만들고 싶지 않아."

배신감이 들었다. 이 일은 분명히 잘못된 일이라 생각했고, 같은 뜻을 가진 사람을 찾아다녔다. 하지만 단 한 명도 나와 함께해주지 않았다. 어느새 '이런 일을 감히 내가 해도 되는 것일까?' 하는 스스로에 대한 의심이 스멀스멀 올라오기 시작했다.

"불의에 맞서 싸우는 것이 잘못된 거야? 그럼 여태껏 내 가치관이 틀렸단 말이야?"

수화기 너머에 있는 아빠에게 울면서 하소연했다.

"원래 사람과 사람이 서로 어울리다 보면 힘든 일은 있기 마련이야. 돈이 좀 들더라도 관계를 유지하는 게 더 귀하단다. 이번에는 그냥 돈 내고 끝내버려."

아빠의 따스한 조언에도 불구하고 이번만은 결코 물러서고 싶지 않았다. 왜 매번 나만 양보해야 하는 걸까? 그렇다고 누가 나를 생각해주는 것도 아닌데.

오랫동안 그릇된 일과 맞서 싸우다 결국 지쳐버렸다. 내 가치관은 와르르 무너졌고, 판단력도 함께 사라져 아무런 결정도 내릴 수 없게 됐다. 무엇이 옳은지, 무엇을 믿어야 하는지 도무지 알 수 없었다. 초등학교 때 배웠던 속담이나 선생님이 가르쳐줬던 인생의 도리, 그리고 부모님이 누누이 말씀하셨던 그 모든 것들이 과연 옳은 것일까? 내 인생에 적용해도 되는 것일까? 정말 혼란스러웠다.

2014. 09. 13

오늘은 정말 많은 일이 있었다.

예상했던 대로 샤오의 선배랑 한판 붙었다.

온종일 울기만 했다.

아니, 사실 참고 있다.

너무 울고 싶다.

샤오이는 여전히 후배들을 불러서 나에 대한 이상한 얘기를 늘어놓고 있다.

앞으로 후배들 앞에서 고개를 어떻게 들고 다녀야 할까?

걱정이 이만저만이 아니다.

대학교 2학년이 막 시작된 무렵, MT 준비 문제로 선배와 충돌이 있었다. 처음에는 모든 상황을 받아들일 준비가 되어 있다고 생각했고, 불합리하다고 생각하는 일에 발 벗고 저항했다. 그런데 얼마 지나지 않아 나에 대한 험담과 소문들이 퍼지기 시작했다. 극심한 스트레스에 시달리면서 가치관이 와르르 무너져내렸다. 무엇이 옳은 것인지, 어떻게 대학 생활을 해나가야 하는지조차 판단할 수 없었다.

'어떡하지? 전세계 사람들이 나를 미워하면 어떡하지? 그럼 난 어떻게 살아가야 할까?'

'내가 뭘 잘못했을까? 내가 고쳐야 할 건 뭐였을까? 어디까지가 상대방이 잘못한 부분인 걸까?'

이런저런 생각들이 머릿속을 끊임없이 맴돌고 쉽게 사라지지 않았다. 최근 몇 년까지도 계속해서 나 자신을 돌아보고 또 돌아봤다.

어쩌면 내 태도가 너무 확고한 나머지 소통 자체를 하지 못했던 건지도 모른다. 이 부분은 내가 앞으로 배우고 고쳐나가야 할 부분임이 틀림없다. 행사 준비로 스트레스에 시달리고 있던 선배들이 느끼기엔 나 같은 고집쟁이가 자기들의 계획을 다 망친 것으로 보였을 것이다. 화가 많이 난 부분에 대해서는 충분히 이해한다. 그러나 그렇다고 해도 뒤에서 다른 사람을 비방하고 헐뜯는 것은 어디까지나 자기 감정을 제대로 조절하지 못해서 나온 좋지 않은 행동인 것은 분명했다.

한동안 나는 마치 존재하지 않는 투명인간처럼 살려고 했다. 모든 감각을 닫아버리고 주변에서 일어나는 크고 작은 일들에 무감각해지려고 노력했다. 워낙 오지랖 부리는 성격인지라 무슨 일이 생겼다 하면 뭐라도 나서서 하려고 했었는데, 더 이상은 자신이 없었다. 뭐만 하면 '내가 잘한 걸까?', '내가 또 누군가에게 상처를 준 건 아닐까?' 하며 불안해하고 망설이기 일쑤였다.

언젠가 동아리 선생님께서 나에게 이런 말을 해주신 적이 있다.

"너의 영향력이 점점 커지면 널 좋아하는 사람이 더 많아질 거야. 물론 그만큼 널 싫어하는 사람도 생기겠지. 그렇다고 해서 판단력을 잃거나 미움받을까 봐 두려워하면 안 돼. 자신감을 가지렴."

내가 한 결정에 대한 두려움이 생길 때마다 '그래, 용기를 내자!' 하며 선생님이 해주신 이 말을 되뇌곤 한다. 내가 옳다고 생각하는 일을 할 때 스스로 부끄러움을 느껴선 안 되니까.

내가 정말로 좋아하는 드라마 속 대사가 있다. 이 말을 언제까지나 가슴속에 새기고서 살아갈 것이다.

"옳은 길로만 가면 돼. 그럼 언젠가 사람들이 알게 될 거야."

이대로

사라져버렸으면

모처럼 비가 내리는 오후였다. 서늘한 찬바람이 감돌기 시작하자 왠지 모르게 기분이 이상해졌고, 수업 집중도도 떨어졌다. 온 신경이 강의실 밖에 쏠렸다. 저 멀리서 끊이지 않는 고속도로 위 차량 행렬을 보고 있다 보면 자동차가 움직이는 소리까지 들리는 듯했다. 미생물 교재를 건성으로 넘기고 발등으로 의자 난간을 툭툭 건드렸다.

때마침 수업이 끝났다. 친구들과 같이 엘리베이터를 탔지만 아무도 입을 열지 않았다. 지구 중심을 뚫고 지나가는 기계인 듯 모두들 숨죽이고 가만히 있었다. 목적지에 가까워질수록 분위기가 더욱 무거워졌지만, 문이 열리는 순간 비로소 경계심이 풀렸다.

습한 날씨였지만 풀 냄새가 스며있었다. 연구동 입구에서 하나둘씩 우산을 펼친 친구들은 저녁 메뉴를 상의하다가 우르르 정문 쪽으로 뛰어가 택시를 잡아탔다. 하지만 우산을 깜빡하고 가져오지 않은 나는 그곳에 혼자 남게 됐다. 그렇다고 친구들을 뒤쫓아가서 같이 차를 타고 싶진 않았다.

학기가 시작된 이후 과에서 거의 혼자 지냈다. 예전부터 늘 그래왔기 때문에 솔직히 혼자 다니는 것쯤은 익숙했다. 그러나 무리 지어 다니는 친구들을 보며 씁쓸한 감정이 드는 것은 조금 괴로웠다. 더는 이 감정이 나를 괴롭히지 못하도록 할 수 있는 한 모든 감정의 통로를 차단하려 애썼다.

고등학교 때는 너무 소심하고 조용해서 친구가 없었다. 그런데 지금은 활달하고 적극적인 사람으로 보이기 위해 노력하는데도 친구가 없다. 어째서일까. 혼란스럽다. 대체 어떤 부분이 '친구', '우정'이라는 부분과 상관 있는지 모르겠다. 차라리 평생 혼자 살아가는 것이 내 운명이라고 믿는 편이 더 좋지 않을까 싶기도 하다.

좀처럼 비가 그칠 것 같지 않았다. 외투에 달린 모자를 뒤집어쓰고 달리기 시작했다. 쏟아지는 비에 옷은 몸에 쩍 달라붙었고 양말까지 흠뻑 젖었다. 엄청난 인파를 뚫고 겨우 기숙사에 도착했다. 비를 맞으며 뛰어오느라 저녁거리 사오는 것을 깜빡해버렸고, 결국 그날 아무것도 먹지 못했다.

방 불은 이미 꺼져 있었다. 혹시나 룸메이트가 깰까 봐 밖으로 나와 전화를 할 만한 장소를 찾아다녔다. 11시가 넘은 한밤중임에도 방금 기숙사로 돌아왔는지 샤워용품을 들고 왔다 갔다 하는 사람들이 꽤 많았다. 어쩔 수 없이 방 맞은편 벽 앞에 쭈그리고 앉았다. 1.5미터 정도밖에 되지 않는 좁은 복도에서 지나가는 사람들이 불편해하지 않도록 최대한 몸을 작게 웅크렸다.

전화 연결이 되자마자 눈물이 쏟아지기 시작했다. 그동안 참았던 감정이 복받쳐 올라왔다. 목이 메고 코도 막히고 눈물도 쉽사리 멈추지 않았다. 닭똥 같은 눈물이 차가운 기숙사 복도 바닥에 뚝뚝 떨어졌다.

"아빠, 나 휴학할래. 더는 여기 있고 싶지 않아. 너무 힘들어."

"두 달이면 학기가 끝날 텐데, 더 못 견디겠니?"

"어, 안 되겠어. 더 버티다가는 미쳐버릴지도 몰라."

너무 울어서인지 조금씩 목소리가 흐릿해졌다. 아빠와 논쟁을 벌이고 싶지 않았다. 다만 여기에서 있었던 모든 순간과 시선들이 나를 불안하게 만들었고 마음을 아프게 했다는 사실을 알려주고 싶었다. 20대가 돼서 좋은 점이 하나 있다면, 휴학 신청서에 부모님 사인을 받지 않아도 된다는 것 정도였다.

소리 없이 울고 있는 와중에 검은색 민소매를 입은 한 여학생이 나에게 다가왔다. 미소를 살짝 짓더니 아무 말 없이 내 손에 티슈를 쥐어 주고는 자기 방으로 들어갔다. 그녀가 내 손에 들려준 티슈는 20년 넘게 살면서 처음으로 느껴본 순수한 선의였다. 값싼 동정심이 아니라 아무런 대가를 바라지 않은, 정말 순수한 공감이었다. 게다가 혹시라도 내가 민망해할까 봐 빠른 걸음으로 자기 방으로 들어가버렸다. 얼마나 고마웠는지 모른다.

전화기 너머로 정적이 흘렀다.

"그래, 일단 집에 와서 좀 쉬어라. 그러고 나서 어떻게 하면 좋을지 같이 얘기해보자꾸나."

예전에 교수님께서 "휴학 신청이 너무 번거롭고 복잡해서 휴학하려던 학생들의 반 이상이 결국 마음을 바꾸더라"라고 말씀하신 적이 있었다. 하지만 내 마음은 확고했다.

휴학 신청 과정은 마치 검문소를 통과하는 것처럼 힘겨웠다. 각 행정실에 일일이 방문해 도장을 받아야 했다. 학교를 떠나더라도 작별 인사는 제대로 하고 가라는 의미인 듯했다.

도서관에 가서 60권 정도 되는 대출도서를 반납하니, 도서관 직원 분은 휴학 신청서에 확인도장을 찍어줬다. 한때 마음이 힘들 때마다 피난처가 돼주던 도서관이었는데, 더 이상 내 학생증으로는 출입할 수 없게 됐다. 나름 '대출왕'으로 수상도 두어 번 해서, 한 번은 크리스마스 선물패키지를 받았고 또 한 번은 나를 슬픔에서 건져준 문학과 심리학 도서를 받았었다. 하지만 이제 학생증의 효력이 사라졌다. 내 손에 들린 학생증도, 거기에 새겨진 내 얼굴도 점점 흔적 없이 흐릿해져가는 듯했다.

약속한 시각에 맞춰 지도교수님을 찾아갔다. 아무 말 없이 휴학 신청서를 제출하고는 가만히 기다렸다. 교수님은 생각에 잠시 잠겨 있다 이내 질문을 건네셨다.

"더 생각해보지 않을래?"

"죄송해요. 이미 짐 정리도 다 마쳤어요. 이번 주말에 돌아가려고요. 이제 교수님 도장만 받으면 돼요. 남은 이틀 동안은 마무리를 해야 해요."

교수님은 내 단호한 태도에 조금 놀라신 얼굴이었다. 잠깐 입맛을 다시더니 조심스럽게 이야기하셨다.

"그래, 그렇다면 어쩔 수 없구나. 참 안타깝구나. 내가 네 지도교수이긴 하지만 아직 제대로 가르쳐주지 못한 것 같은데."

지도교수님 수업은 워낙 어려운 수업이었던지라 대학교 3, 4학년은 돼야 들을 수 있었다. 그때 나는 2학년이었기 때문에 교수님 수업은 들어보지도 못했다.

지도교수님 방을 나와 마지막 관문으로 향했다. 학과장님과의 면담이 남아 있었다. 그녀는 입학 면접을 봤을 때와 마찬가지로 온화한 미소를 짓고 있었다.

"내가 학교 다닐 때는 연애만 하느라 뭘 해야 하는지 하나도 몰랐었는데, 지금은 벌써 학과장이 다 됐네. 민주야, 지금은 희미하고 뭐가 뭔지 잘 모를 때가 더 많겠지만, 다 분명한 미래로 향하고 있다는 걸 꼭 기억해두길 바라."

그녀는 무릎을 '탁' 치고는 말을 이어나갔다.

"너 자신을 너무 꽉 옭아매지 마. 나 같은 50대가 통통한 내 몸매를 부인하고 매일 파릇파릇한 20대랑 비교하면 당연히 슬프겠지, 안 그래? 자신에게 좀 관대해졌으면 좋겠어."

나는 함께 조별과제를 하는 친구들과 이번 학기 교양과목 교수님들께 미안하다는 메일을 보내면서 휴학 소식을 알렸다. 그들에게 괜히 불편을 끼친 것 같아 마음이 불편했다.

이제 더는 작별인사를 전할 사람이 없었다. 남은 짐 정리만 하면 끝이다. 모두들 인생의 다음 단계를 향해 달려가는 열차에 몸을 싣고 빠르게 앞으로 나아가고 있을 때, 나만 홀로 그 기차에서 뒤도 돌아보지 않고 내렸다. 내 미래가 어떻게 될지 아무도 알지 못한다. 광활한 사막에 혼자 뚝 떨어졌다. 어디로 가야 할지 방향을 잃었지만 그래도 계속 가야만 했다, 어디든. 그리고 앞으로 오늘을 다시는 생각하지도, 후회하지도 않을 것이다.

교무처에서 4학기 휴학에 관한 확인 도장까지 받고 난 다음 날, 기숙사로부터 통지를 받았다. 메일에는 알아보기도 힘들고 귀찮은 몇몇 조항들이 잔뜩 나열돼 있었다. 간단히 말해, "당신은 이미 본교 학생의 자격을 잃었으니, 1주일 내에 기숙사를 나가주세요"라는 안내문이었다.

어느새 학생증 속 내 얼굴도 이미 하얗게 바래져 있었다.

2015. 05. 01

사랑하는 후배에게

방금 같은 고등학교 출신이라는 걸 알게 됐어. 너무 반갑다.

한 가지 해주고 싶은 말이 있어서 이렇게 편지를 써.

자신을 좀 더 믿어보면 어떨까?

자신감을 가져도 돼!

급하게 가지 않아도 괜찮아, 인생은 기니까!

세상으로부터 실망하거나 안 좋은 영향을 받을 필요도 없어.

조금씩 준비해나가면 세상과도 친해질 수 있을 거야!

네가 진심으로 행복하길 바랄게.

                          너의 행복한 하루들을 응원하는 선배가

대학교 2학년 2학기, 휴학 신청을 하면서 학과장실의 조교가 마침 내 고등학교 선배였다는
것을 알게 됐다. 선배는 나에게 격려의 메시지가 담긴 작은 카드 하나를 건네줬다.

이번에는
나를 구할 거야

'프롤로그'에서 말한 것처럼, 나는 심리학을 통해 나 자신을 좀 더 이해하고 잘 살아가고자 했다. 그래서 대학교 3학년에 올라가기 전 여름방학에 편입 시험을 봤다.

편입 시험 제도를 간략하게 설명하자면, 대학교 1학년을 마치거나 5년제 전문학교를 마친 사람에게만 자격이 주어지며 시험에 통과해야 다른 대학으로 편입할 수 있다. 이 시험에 통과하기는 하늘의 별 따기며, 특히 심리학과에 들어가는 것은 훨씬 어렵다. 실제로 내가 2015년도에 심리학과 편입 시험을 봤을 때 지원자 143명 중 합격자는 오직 3명이었다. 합격률이 고작 2.09퍼센트 밖에 되지 않는 셈이다. 심지어 대학별로 심리학과의 합격률이 제일 낮았다.

편입 시험은 대학별로 독립적으로 시험을 진행하기 때문에 같은 학과라고 해도 대학별 시험과목과 형식이 모두 다르다. 대학별로 응시료를 따로 내야 해서 경제적으로도 상당한 부담이 따른다. 또한 대부분 비슷한 시기에 시험이 몰려 있다. 어느 날은 고시장에서 한 남학생이 미국 여행에나 가져갈 법한 커다란 여행 가방을 들고 온 것을 본 적이 있었는데, 그 안에는 온갖 참고서와 문제집이 가득했다. 하필 그날 총 7개 학교의 편입 시험을 모두 치러야 했던 모양이었다. 아무튼 그런 이유로 편입 시험장의 학생들 대부분이 몹시 초췌해 보인다.

심리학과의 낮은 합격률만이 나를 힘들게 한 것은 아니었다. 몇 가지 이유가 더 있다. 심리학과 수업은 주로 원서로 배우기 때문에 시험도 영어로 봐야 했다. 하지만 평소 영어 알레르기가 심해서 스펠링만 봐도 괜히 심장이 두근두근 빠르게 뛰고 호흡이 가빠지며 사자에게 쫓기는 것처럼 안절부절못했다. 믿기지 않겠지만 정말이다. 고등학교 시절 영어 수업 진도를 제대로 따라 가 본 적도 없었을 뿐더러, 사범대에 들어온 후 2년 동안 '원서'라고는 한 번도 들춰본 적이 없었다.

편입 시험을 계기로 서로 다른 분야의 일을 이해하기 힘들다는 사실을 몸소 체험했다. 고등학교 때부터 도서관에 가서 심리학 서적을 읽기 시작해서 나름 심리학에 대한 열정이 있다고 자신했는데도 부족한 것투성이였다. 당시 일반 심리학 도서를 최소 7권 정도 읽었고 원서 역시 1권씩은 꼭 읽으려 했었는데, 여전히 마땅한 해결 방법을 찾지 못했다. 진도도 5퍼센트밖에 못 나갔다. 당장에 두 달 후에 있을 시험을 어떻게 치러야 할지 심각하게 고민했다. 더욱이 내 심리 상태는 말도 안 되게 엉망이었다. 심해진 우울증으로 또다시 글자 한 자도 제대로 읽을 수 없게 됐다.

휴학 후 집으로 돌아와서 한 달 내내 잠을 자거나 드라마만 보고, 책은 한 번도 들여다보지 않았다. 매일매일 10회 연속으로 드라마만 보고 그에 대한 감상을 적으며 나와 대화를 나눴다. 그러면서 그동안 상한 마음을 위로하고 달래줬다.

가족들은 이런 나를 이해하지 못했다. 가족들의 반응을 이해 못하는 것은 아니다. 사실 내 행동만 보면 공부하기 싫어서 휴학을 한, 그야말로 도피 행위처럼 보일 테니까. 말로는 열심히 편입 시험을 준비한다고 해놓고 실상은 매일 잠을 자거나 드라마만 주구장창 보고 책 한 장 보지 않으니 부모님 입장에서는 당연히 그럴 만했다.

두 분은 내가 드라마를 보고 있을 때마다 협박성 잔소리를 하셨다.

"애초에 편입 시험 준비할 마음도 없었지? 지금 너는 네 인생에서 도망치고 있는 것뿐이야."

"시험 떨어지면 일자리나 알아봐. 집에서 빈둥거릴 생각하지 말고, 알았니? 편입 시험 재수 뒷바라지는 절대 못 해주니까."

내가 책임감이 없는 사람인 것은 아니다. 나도 열심히 하고 싶은데 단지 겁이 날 뿐이다.

고등학교 때부터 그랬다. 매일 수십 장이 넘는 쪽지 시험을 봐야 했는데, 문제도 이해하지 못하는 내가 너무 바보같이 느껴져서 매번 울면서 답을 적었던 기억이 난다.

내가 공부를 시작한 것은 6월부터였다. 그러니까, 따지고 보면 딱 한 달 공부하고 심리학과에 합격한 것이다.

진짜 운이 좋았던 것일까? 어쩌면 하느님의 도움으로 합격한 것인지도 모른다. 하지만 사실은 피나는 노력과 가족의 격려가 합격에 큰 영향을 미쳤다.

6월부터 매일 아침 5시에 일어나 6시부터 책상에 앉아 공부하기 시작했다. 점심시간과 낮잠 시간을 포함해 딱 한 시간만 쉬고, 다시 오후 1시부터 밤 10시까지 계속해서 공부하고 잠자리에 들었다. 화장실과 샤워하는 시간 말고는 자리를 떠난 적이 없다.

책상에 앉아서 한 일이라곤 몇 개 안 된다. 기출 문제를 푸는데, 한 문제를 세 번씩 반복해 풀었다. 교과서에 있는 비슷한 문제를 파악해 같은 위치에 두었다. 출제는 됐으나 교과서에 없는 내용은 가장 앞에 두었다. 마지막으로 교과서 안에 있는 이론은 도표로 정리했다. 계속해서 뭔가를 쓰느라 1주일에 0.38 검은색 볼펜을 세 개나 썼다. 그 한 달이 인생에서 가장 집중했던 시기였던 것 같다. 또한 처음으로 '몰입(flow)'의 능력을 경험했다. 뭔가에 굉장히 집중하게 되면 효율성이 높아짐은 물론이고 시간도 쏜살같이 빠르게 흘러갔다.

그런데 어떻게 폐인처럼 있다가 한 달 만에 이렇게 변할 수 있었을까?

바로 우리 부모님 덕분이다. 부모님이 먼저 달라진 모습을 보여줬기 때문에 가능했다. "고등학교 3년 내내 반에서 꼴찌를 도맡아 한 내가 어떻게 편입 시험에 합격할 수 있겠냐"고 했더니, 아빠가 자존감 상하지 않도록 나를 잘 타일러주셨다.

"도전을 해야 자신을 격려할 수 있어. 적이 너무 강하다고만 생각하면 너 자신도 주춤할 수밖에 없어. 그저 너는 네가 할 수 있는 것만큼 열심히 하면 돼. 네가 다른 사람을 어떻게 할 수는 없으니까."

엄마도 매일 아침 날 깨우면서 내 손을 꼭 잡고 말씀하셨다.

"민주야, 넌 할 수 있어. 네가 열심히 하면 하늘도 도울 거야. 엄마도 옆에서 응원해줄게. 너도 너를 믿어봐. 그럼 시험도 잘 볼 수 있을 거야."

혹시 부모님이 내 열등감을 없애고자 몰래 자기충족적 예언(self-fulfilling prophecy) 이론이라도 배운 것일까? 자기충족적 예언은 자기

2014. 06. 05

나에게 자신감은 사치다.

무슨 일을 하다가 그르칠까 봐 는 걱정이 태산이었다.

애초에 내 능력 따위를 발휘할 마음조차 없다.

인생이 항상 순조롭게 흐르진 않았지만,

그래도 나 자신에게 용기를 주고 싶다.

풀지 못하는 문제가 있는 게 정상이다.

찍는 문제가 있는 것도 정상이다.

다른 사람에게도 충분히 일어날 수 있는 일이다.

커닝을 하지 않은 것만으로도 잘한 거야!

한 걸음씩 천천히 가면 되는 거다.

어쩌면 내 안의 문제는 영원히 해결되지 않을 수도 있다.

하지만 심리학을 배우고 나서는 최소한 자살 충동은 느끼지 않게 됐다.

이 정도면 희망이 있다고 할 수 있겠지!

편입 시험을 한 달 앞두고 지금의 나에게 용기를 불어넣어 주고자 일기를 쓰면서 과거의 나를 떠올렸다. 할 수 있는 한 최선을 다해 시험을 준비할 것이다. 심리학과에 반드시 들어가 나에 대한 궁금증을 꼭 해결하고 말 것이다. 그렇게 다짐하고 또 다짐했다.

스스로 예언을 현실로 만든다는 뜻으로, 타인의 기대 수준에 자신의 행위를 맞추고자 노력하는 것이다. 이러한 관점에 따르면, 특별한 지원이 필요한 장애 학생에게 교사가 어떠한 이미지를 주느냐에 따라 그들의 학업 성취가 달라질 수 있다.

아직도 그때 우리 부모님이 무슨 마음으로 갑자기 그렇게 변하셨는지 모른다. 계속해서 컨디션 난조에, 자신감은커녕 무기력감에 허덕이고 있던 때라 "노력하면 합격할 수 있다!", "너 자신을 믿어!"라는 말을 있는 그대로 받아들이기가 정말 힘들었다. 이미 오랫동안 '성공', '성취감', 심지어 '합격'이라는 말과 동떨어진 삶을 살아왔기 때문이다. 심지어 한 달밖에 남지 않은 상황에서 내가 무엇을 더 할 수 있을까.

하지만 부모님의 격려로 인해 가망은 없을지라도 끝까지 해보는 것에 의의를 두기로 생각했다.

얼마 남지 않은 시간 동안 말 그대로 '피 터지게' 공부했다. 결과는 예상했다시피 '합격'이었다. 그것도 '3등'으로 심리학과에 들어가게 됐다.

스트레스에서
벗어나고 싶다

"아, 스트레스 받아!"

일상생활에서 이 말을 자주 사용하고 있지 않은가? 우리는 스트레스의 운영체제를 제대로 이해하지 못한 채, 항상 과도한 스트레스에 시달리며 자신을 한계까지 밀어 넣고 있다. 심지어 우리 몸에서 경고 신호를 보내도 그것이 지나친 피로와 스트레스 때문이라고 자각하지 못한다.

스트레스의 원인은 완벽주의 같은 성격, 경직된 집안 분위기, 과로를 부르는 업무 환경 등 다양하다. 하지만 원인을 파악하기 전에 먼저 자신의 심신 상태를 파악해야 한다. 그래야 스트레스를 받았을 때 바로바로 해소할 수 있기 때문이다.

　나는 "다른 사람도 할 수 있는 일이면 나도 할 수 있어!"라는 말을 입에 달고 살았었다. 누군가 한 학기에 30학점을 들으면서도 별다른 문제없이 자기 생활을 잘 이어오는 모습을 보면 25학점을 듣는 내가 괜스레 한심해지고 스스로 부족하다는 생각에 그들을 따라잡으려고 부단히 애썼다. 방과 후 아르바이트를 하면서 경제적으로 독립한 친구를 보면, 나 또한 아르바이트를 해서 내 한 몸 간수하기 위해 노력했다. 정작 그 사람이 겪었을 정신적·물리적 경험, 성장 배경 등의 조건과 '나'의 차이는 무시한 채 습관적으로 다른 사람의 겉모습과 그가 이룬 성공만을 가지고 내가 처한 현실과 무작정 비교하려 했고, 그만한 결과를 못 얻었을 때 나 자신이 얼마나 부족한 사람인지 자책하거나 '더 열심히 해야지, 지금보다 발전해야 돼!' 하며 스스로를 벼랑 끝에 내몰기 바빴다.

　나는 월세 집에 사는데 친구는 빌딩부자다. 이런 상황마저 자신이 노력하고 애쓰지 않아 벌어진 일이라고 생각한다면, 이것이 지나친 자아 학대가 아니고 무엇일까?

　이런 식으로 끊임없이 나 자신을 공격하다 보니 결국 우울증이 재발하고 말았다. 비이성적인 사고가 과도한 스트레스를 일으킨다는 사실을 인지하고 있었다면 현재 상황을 되돌아보고 문제점을 바로 개선할 수 있었을 텐데 말이다.

*바쁜 생활에 잊고 살았던 '나'

"젊을 때는 편안하게 쉬지 말고 부지런히 움직여라!"

어느 인사 담당자가 강의 중에 한 말이다. 우울증이 날로 심해져가고 있었지만, 어쩐지 이 말대로 살아야 할 것 같았다. 실제로 몇 시간 못 자도, 얼마 못 먹어도, 미친 듯이 바쁘고 엄청 피곤해도 젊을 때 고생한 게 나중에는 다 피가 되고 살이 될 것이라고 굳게 믿었다. 더 많이 배우고 더 좋은 사람이 되려고 하다 보니 언젠가부터 나 자신을 돌보는 일을 맨 마지막 순서로 미루게 됐고, 무슨 일을 하든 다른 사람이 상처받지 않을까 걱정이 된 나머지 차라리 내가 희생하는 쪽을 택했다. 솔직하게 말하자면, 이 또한 내 안에 쌓인 열등감의 결과물이었다.

대학교 3학년 2학기부터 교외 창업 프로그램에 참여해 벤처기업에서 인턴실습을 했다. 동아리 과제 준비와 학교 수업 준비도 두루 준비하느라 정신없었지만 되도록 졸업 후에 순조롭게 사회로 나가 직장을 찾을 수 있었으면 했다. 그렇게 주말마다 다른 도시에서 수업을 받고, 밤에는 조원들과 화상회의를 진행했으며, 남은 시간을 쪼개 수업과제를 마무리했다. 잠 잘 시간도, 밥을 먹을 시간도 마땅

치 않았다. 거의 반년 넘게 이런 생활을 지속하다 보니 심리적 압박 뿐만 아니라 두통과 위통, 잦은 감기와 불면증과 같은 여러 증상이 나타나기 시작했다. 계속 이렇게 살다가는 언젠가 죽을 것 같았다.

그런데도 포기할 수 있는 일이 없었다. 나에게는 모든 일이 다 중요했다. "쉽게 포기해선 안 돼, 무책임한 사람만큼 질 나쁜 사람도 없어!"라는 은근한 협박을 여러 번 들어왔던 터라 어떤 선택을 해야 할지 도무지 감이 잡히질 않았다.

'무책임한 사람이라는 꼬리표가 달리면 어쩌지? 교수님에게 안 좋은 이미지로 심어지면 추천사를 써주지 않을 거야. 그럼 졸업 후에도 일자리를 얻지 못하겠지? 평생 그렇게 백수로 살면?'

불안은 불안을 낳았다. 나는 뭐든지 잘해내고 싶었다. 열심히 노력해서 행동으로 보이고 싶었다. 하지만 정해진 시간 내에 목표를 달성하기에는 역부족이었다. 수행해야 하는 과제는 너무나 많았고 지나치게 바쁜 것도 사실상 매우 큰 문제였다.

"나는 무책임한 사람이 아니야. 정확하게 말해서는, 과도한 공부와 업무에 비해 시간 관리를 잘 못하고 내가 감당할 수 있는 스트레스가 어느 정도인지를 제대로 이해하지 못한 사람일 뿐이야. 정해진 시간 안에 내가 얼마큼의 업무를 처리할 수 있는지 잘 몰랐기 때문에 무슨 일이든 제시간에 끝내지 못했던 거지."

자기비판에 찌든 채로 1년 반을 넘게 보내다가 최근에서야 '나'에 대해 깨달은 사실이다. 물론 이 모든 것을 깨달았다고 해서 무턱대고 다른 사람에게 내 상황을 공감해달라거나 포용해달라고 요구하려는 것은 아니다. 자신의 책임을 모두 남에게 떠넘기는 행위는 결코 옳지 못한 행동이기 때문이다. 경험을 통해 자신의 능력과 생리적·심리적 상태를 이해하고 생활의 균형을 잘 맞춰가는 것이 바로 내가 해야 하는 일이다. 실패나 아픔을 겪은 후에도 어떻게 회복해야 하는지, 어려움을 어떻게 헤쳐 나가야 하는지 자기 자신을 직접 도와야 한다.

* 작은 일에도 스트레스를 받는다면

심리학을 배우면서 상처에 어느 정도 의연해질 수 있었지만, 천하무적이 된 것 마냥 어떤 좌절에도 상처받지 않고 아무렇지 않을 수는 없었다. 연약하고 감정적인, 그저 보통 사람인 것은 그대로였기 때문이다.

매일 스트레스 없이 살고 싶겠지만 사실상 그것은 불가능한 일이다. 일상 속에서 완전무결하게 쾌적한 환경에 놓일 가능성이 없을뿐더러, 설령 있다 하더라도 스트레스에서 해방됐다는 사실 자체에 스트레스를 받을 수 있다. 또한 스트레스가 없다고 해서 무조건 좋은 것만은 아니다. 오히려 적당한 스트레스는 성과를 달성하는 데 도움이 된다. 스트레스 곡선 그래프에 따르면, 스트레스가 아주 적거나 많을 때보다 적당한 스트레스를 받았을 때 자신의 능력을 잘 발휘할 수 있다(아래 그림 참조).

실제로 대학생이 초등학생의 시험 문제를 푸는 상황처럼 스트레스가 매우 낮은 상태에서는 쉽게 무료함을 느끼거나 온전히 집중하지 못해 능력이 발휘되는 정도가 떨어지고, 자신이 수행하기에 부담스러운 업무를 맡게 되는 것과 같은 극한 스트레스에 시달리면 고통과 불안감을 느끼면서 업무를 제대로 해내기 어려워진다. 반면 적당한 스트레스는 자신의 실력을 최대한으로 발휘할 수 있게 돕고 성취감을 맛볼 기회를 제공해준다. 그런 의미로 '스트레스는 삶의 동반자'라는 사실을 인정하는 것이 삶의 만족도를 더욱 높일 수 있는 방

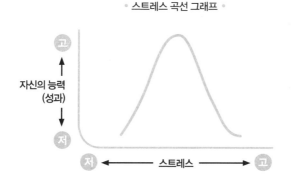

• 스트레스 곡선 그래프 •

법이 될 수 있을 것이다.

만약 나처럼 어쩌다가 극심한 스트레스를 받는 상황에 부닥치게 됐을 때 어떻게 해결해야 할지 도통 모르겠다면, 다음과 같은 방법을 사용해보길 바란다.

예시의 표처럼 왼쪽은 스트레스 요인으로서 최근 들어 본인을 가장 괴롭히고 있는 일들을 적고, 오른쪽에는 1부터 10까지 숫자를 적어보자. 이 숫자는 스트레스 정도를 나타내며, 얼마나 그 일에 스트레스를 받고 있는지 숫자로 나타내면 된다. 이왕이면 차이를 한눈에 볼 수 있게 그 숫자만큼 색칠해보는 것을 추천한다.

자신의 스트레스가 심각한 수준에 이르렀다고 생각될 때 자신의 스트레스 요인을 확인하면 그중에서 별로 중요하지 않은 일은 무엇인지 가려낼 수 있을 것이다. 모든 일을 처리하려고 애쓰지 말고, 중요하지 않은 일부터 차근차근 해결해보자. 스트레스 해소에 분명 큰 도움이 될 것이다.

살면서 어느 정도 겪는 고생을 '단련'이라고 말하지만, 과도한 고생은 '상처'가 될 수 있다. 앞으로 나아가고자 적극적으로 노력하기 전에, 먼저 자신을 보살필 줄 알아야 한다.

한 사람이 실연을 당하고 감정을 추스르는 데 한 달이면 충분한 데 비해 어떤 사람은 일이 년이 지나야지 비로소 가슴속에서 사랑했던

스트레스 요인	스트레스 정도									
사회 생활	1	2	3	4	5	6	7	8	9	10
남자친구와의 연락 문제	1	2	3	4	5	6	7	8	9	10
가족 간의 대화	1	2	3	4	5	6	7	8	9	10
친구 문제	1	2	3	4	5	6	7	8	9	10
악화된 건강	1	2	3	4	5	6	7	8	9	10

사람을 지워버리는 것처럼, 똑같이 실연을 했어도 사람마다 스트레스를 받아들이는 정도가 다를 수 있다. 불면증이나 불안함, 위경련, 설사, 면역 기능 저하 등 생리적·심리적으로 나타나는 반응 역시 제각각이다. 그러므로 "남자친구랑 헤어진 게 뭐 그리 큰일이라고, 아무것도 아닌 일로 힘들어하지 마!"라고 절대 함부로 말하지 마라. 자신에게는 별일 아닌 것처럼 보여도 누군가에게는 고통스러운 일일 수 있다. 상대방의 입장에서 그가 처한 상황을 이해하고 공감해줬으면 좋겠다.

서로 사랑해도 상대방에게 상처를 줄 수 있다.

우리 모두는 독립적인 존재이기 때문에 말을 하지 않으면 이해할 수 없다.

상대방의 입장에서 그 사람이 겪었을 어려움을 이해하자.

과거의 상처에서 헤어 나오지 못한 채 허우적대는 자신과 화해하고

앞으로 다가올 행복한 날들을 위해.

Chapter 4

곁을 지켜주는
　누군가가 있으니

외로움은
자존감을 갉아먹는다

혹시 타인과의 관계에서 뭔가가 결핍됐다고 느끼는가? 주변에 누구와도 연결돼 있지 않은 그런 느낌말이다. 아마도 질적으로나 양적으로 만족하고 있지 않기 때문인지도 모른다.

여기서 '질적 불만족'은 정서적 고립감(emotional loneliness)으로서 주변에 친구가 있긴 하지만 친밀한 관계를 맺기 어려운 상태를 뜻하며, '양적 불만족'은 '사회적 고립감(social loneliness)'으로서 주변에 정말 아무도 없는 것을 말한다. 이 외로움은 우울증을 유발하는 가장 중요한 원인이 된다.

사람과 사람이 만나 친구가 된다는 사실이 신기했을 정도로 어려서부터 나는 주변에 친구가 정말 하나도 없었다. 대체 어떻게 같이 밥을 먹고 친구가 되는지 알고 싶었다. 스쳐 지나간 친구들은 몇몇 있긴 했지만 서로 다른 성격으로 인해 매번 깊은 관계를 맺을 수가 없었다.

더는 외로움을 느끼고 싶지 않다. 혼자 있는 게 두렵다. 아니, 솔직히 창피했다. 어느새 외로움은 자존감을 갉아먹기 시작했다.

예전에는 마음에 드는 상대가 있어도 감정을 일절 표현하지 않았었다. 혹시라도 그가 내가 그를 좋아하는 이유가 '정말로 좋아해서'가 아니라 단지 '외로움에서 벗어나기 위함'이라고 오해하는 상황을 최대한 피하기 위해서다. 나 자신도 외로움 때문에 궁지에 몰리는 것이 두려웠고, 관계에 대한 기준을 낮춰야지만 누군가와 가까워질 수 있다고 믿었다.

대학교 때 선배가 이런 얘기를 해준 적이 있다.

"네 마음은 네가 지키는 거야. 다른 사람을 사랑하는 데 더 많은 시간을 쏟을 필요는 없어. 너 자신을 먼저 사랑하길 바라."

옳은 말이다. 하지만 나 자신을 사랑하는 방법을 모르는 데다가 내가 사랑받아야 하는 존재인지도 잘 모르겠다. 그저 외로움에서 빨리 벗어나고 싶을 뿐이다.

고등학교 2학년 때, 나에게 잘해준 언니가 있었다. 지금도 거의 친자매처럼 지내고 있다. 내가 우울해하거나 상심해 있으면 내 머리를 쓰다듬으며 "어떻게 그럴 수가 있어? 우리 민주가 얼마나 대단한 사람인데. 앞으로는 괜찮아질 거야!"라고 위로해주곤 했다.

그래서였을까. 신기하게도 언니 앞에서는 무슨 말이든 거리낌 없이 할 수 있었다. 연약한 모습까지 부끄러워하지 않고 다 드러낼 정도로, 잘못을 하더라도 충분히 포용해줄 만한 사람이라는 묘한 믿음이 있었다. 언니가 나를 외로움의 구렁텅이에서 꺼내주려고 얼마나 애써왔는지 알 수 있는 부분이기도 하다.

사실 그때만 해도 나는 그 마음이 어떤 마음인지 제대로 느끼지 못했다. 언니가 그렇게 정성을 다해 같이 이야기하고 마음을 나누고 해외에 나갈 때마다 잊지 않고 선물까지 사다 줬는데 어떻게 모를 수 있었을까?

상대가 나에게 호의적이라면 누구라도 나를 좋아한다거나 나와 친구가 되고 싶어 한다고 생각했을 것이다. 그러나 당시 자존감이 매우 낮았던 나는 언니가 나에게 많은 관심을 보여준 것은 나와 친하게 지내고 싶어서가 아니라 순전히 언니가 '착해서' 그런 것이라고 생각했다. 다시 말해, 내가 너무 불쌍하고 딱해 보여서 어쩔 수 없이 도와준 것이라고 말이다.

비슷한 예로, 선배들이 나에게 예쁘다고 말하고 시험을 잘 보라며 응원 메시지를 보낼 때도 기분이 전혀 좋지 않았다. '저 선배는 내가 우울증인 것을 알고 동정하는 거야! 진심으로 우러나오는 얘기가 아닐 거야'라고 치부했다.

사람들의 호의를 있는 그대로 받아들이기가 어려웠다. 다 거짓말처럼 들렸다. 아무리 누군가에게 사랑을 받고 관심을 받는다한들 무슨 소용일까. 마음은 여전히 굳게 닫힌 채로 혼자 외롭게 살아갈 것이 분명한데 말이다.

비참했다. 살아갈 자격이 없는 사람처럼 느껴졌다. 나에게 외로움은 단순히 '홀로 남겨졌다'는 의미가 아니라 '타인과의 연결고리가 없다는 느낌' 그 자체였다.

친구가 있다고 해서 외로움에서 벗어날 수 있는 것은 아니다. 감정기복이 심하고 복잡한 삶을 살았던 사람이라는 사실을 알아도 곁을 지켜줄 사람은 그다지 많지 않을 테니까. 말하지 않아도 내 마음을 단박에 알아채고 나에게 안정감을 가져다줄 수 있는 사람도 아마 몇 없을 것이다.

부모와 친구 간에 충분한 사랑을 받지 못한 상태에서 이제 겨우 우울증의 늪에서 조금 빠져나왔다. 여기서 또 누군가에게 배신을 당하거나 버림받는다면, 어쩌면 지금보다 더 깊은 늪으로 빠져들지도 모른다. 다른 사람보다 호전되는 속도도 훨씬 더딜 것이다. 평생 상처로 뒤덮인 채 살아갈지도 모른다.

내 곁에 '진정한 친구'가 생겨도 언젠가 또다시 외로움에 시달리는 날이 찾아올까 봐 늘 두렵다. 자신이 없다. 친구 덕분에 행복했다가 친구 때문에 슬퍼진다. 한시라도 빨리 안정감을 되찾고 싶다. 더 이상 똑같은 좌절을 겪고 싶지 않다.

처음으로
나를 구해준 사람

아이와 부모의 애착 관계(attachment) 유형은 '안전형'과 '불안·저항형', '불안·회피형', '혼란형' 네 가지로 분류된다. 그중 안정형이 거의 50~70퍼센트를 차지한다. 안정 애착에 속한 사람들 대부분이 엄마를 정신적인 안전기저(secure base)로 여기며, 무슨 일이 생겼을 때 언제든 달려와 도와줄 것이라고 강하게 믿는다.

하지만 나는 예외였다. 가족은 나에게 '든든한 피난처'가 되어주지 않았다. 부모님에게 격려의 말보다 지적을 더 많이 들었다. 이런 영향 때문인지, 실패하거나 비난받기 싫어서 매번 수동적으로 행동하고 기회를 잡아야 할 때마저 스스로 자격이 없다고 생각하고 뒤로 물러서기 일쑤였다.

설날에 온 가족이 작은아버지 댁에 모였다. 워낙 요리를 좋아해서 내 발로 주방에 들어가 이것저것 도와드렸다. 완성된 음식을 가지고 나오는 모습을 본 아빠가 대뜸 나를 꾸짖으셨다.

"네가 도우미 아줌마야? 왜 그런 일을 하고 있어. 저기 네 사촌처럼 가만히 앉아 있다가 다 되면 먹으면 되지!"

아빠의 말은 나에게 상처가 됐다. 보통 아빠들은 이런 경우에 "아이고, 우리 딸 착하네. 이런 것도 다 도울 줄 알고"라고 할 텐데, 칭찬 한마디가 그렇게도 하기 힘들었을까?

사실 이런 일이 처음 있는 일도 아니었다. 어렸을 적부터 아빠는 항상 나와 사촌을 비교하셨다. 하루 차이로 태어난 우리는 성격이 달라도 너무 달랐다. 아빠는 무의식적으로 예쁘장한 외모에 말도 예쁘게 하고 피아노까지 잘 치는 사촌처럼 나를 자신이 원하는 '이상적인 딸'로 바꾸려고 하셨다. 이는 나에게 '아빠는 이런 내가 본인의 딸이라는 게 부끄러운가봐', '언젠가 나는 쓰레기처럼 아무 때나 버려지겠지'라는 불안감으로 다가왔다.

또한 아빠는 평소 말도 안 되는 농담을 자주 하셨다.

"나중에 네가 다 커서 유학을 가거나 결혼을 하면, 네 엄마랑 나는 너 모르게 집을 팔아버리고 다른 데로 이사 가버릴 거야!"

겨우 일고여덟 살 되는 어린아이가 이런 농담을 들으면 과연 '농담'으로 받아들일 수 있을까? 무조건 사실로 여기지 않을까? 다 큰 어른이 된 지금도 집과 가족이 흔적없이 사라지고 혼자 남겨지는 꿈을 꾼다. 하지만 애써 마음 한편에 자리잡은 두려움을 등지고 살아가려 애쓰는 중이다.

중학교에 막 들어갔을 때 아빠가 나에게 "나중에 좋은 고등학교에 들어가면 우리 식구 다 같이 일본 여행 가자"라고 말씀하신 적이 있다. 외국에 나가본 적도 없고 무엇보다 아빠의 인정을 받고 싶었던 나는 아빠와의 약속을 지키기 위해 죽기 살기로 열심히 공부했다. 그 결과, 결국 아빠가 원하던 명문 고등학교에 들어가게 됐다. 하지만 아빠의 대답은 약속과 달랐다.

"내가 언제 일본으로 가족 여행 가자고 했어? 그런 말을 한 기억이 없는데 거짓말하면 안 되지!"

억울했다. 거짓말이 아니었다. 차라리 "미안하구나, 요즘 집안 사정이 좋지 않으니까 몇 년만 더 있다가 가면 어떻겠니?"라든지, "미안하다. 아빠가 아직 대출을 좀 더 갚아야 해서 국내 여행으로 가면 안 되겠니?" 아니면, "그래? 내가 그런 말을 했는지 까먹고 있었네"라고 조금 부드럽게 말했더라면 이해했을지도 모른다. 딸을 거짓말쟁이로 모는 것보다는 훨씬 좋은 말일 테니까.

아빠를 정말 사랑한다. 그런 만큼 인정받고 싶은 욕구로 가득 찼지만, 바람과는 반대로 언제나 아빠의 기대를 꺾는 일만 하는 것 같다.

영원히 실패자로 남는 것은 아닌지, 아무도 원하지 않는 딸로 자라고 있는 것은 아닌지 불안하고 초조했다.

이러한 감정들은 나의 모든 영역에 침투해서 세상을 더욱 무섭고 위험하게 느끼게 했다. 고등학교 시절에는 해외 교류 봉사 활동 계획 신청서를 보다가 스스로 자격 미달이라는 생각에 신청도 해보지 않고 그냥 포기했었다. 혹시나 누군가에게 또 거절당할까 봐 사람들과 함께 있어도 먼저 다가가서 말을 걸거나 관심을 보이는 등 적극적으로 나서질 못했고 사람을 사귀는 데에도 그다지 능숙하지 않았다.

나 자신에 대한 부정과 세상에 대한 공포는 라오황을 만나면서 조금씩 사라졌다. 라오황은 나와 같은 반 친구다. 그녀는 안전기저처럼 곁을 든든히 지켜주며 불안에 떠는 나를 감싸주고 세상 밖으로 나갈 수 있도록 격려를 아끼지 않았다.

라오황은 우리 과 배구팀 주장으로 연습 때문에 1주일에 두 번 만나는 게 다였고 우연히 짝이 되어 공을 주고받을 때 말고는 딱히 대화를 많이 나눈 적도 없었다. 사실 그녀에게 말을 걸고 싶었지만 왠지 그럴 수가 없었다. 그녀는 나와 달리 활발하고 잘 웃는 사람이었기 때문에, 어떻게 친해지면 좋을지 방법이 떠오르지 않았다. 성향이 달라도 너무 달라서 과연 친해질 수나 있을지 확신할 수 없었다.

편입하고 얼마 지나지 않았을 때였다. 라오황이 먼저 페이스북으로 같이 영화를 보자며 메시지를 보내왔다. 서로 잘 알지도 못하는 사이인데 갑자기 왜 나한테 영화를 보자고 했을까? 의문은 우선 접어두고 약속에 바로 응했다. 그녀와 이전부터 너무나 친해지고 싶었기 때문이다.

장담하건대, 영화를 볼 때 그녀만큼 격한 반응을 보이는 사람은 아마 없을 것이다. 웃긴 장면에서는 영화관이 떠나갈 듯 박장대소를 하고 어이없는 장면에서는 한바탕 욕을 퍼부었다. 당시 나는 상당히 고지식했고 마음에 여유가 전혀 없었기 때문에 그녀의 격한 반응이 무척 신기하게 느껴졌었다. 다른 한편으로는 그런 자유로운 모습이 내심 부럽기도 했다.

누군가와 뭔가를 할 때는 이유나 조건, 목적이 있어야 한다고 생각했다. 그래서 그녀에게 왜 나와 영화를 같이 보자고 했는지 물었다. 그러자 그녀는 화들짝 놀라며 이렇게 말했다.

"뭐? 이유가 왜 필요해? 나도 몰라, 그냥 갑자기 생각나서 같이 보러 가자고 한 거야!"

라오황은 정말 단순하고 솔직한 사람이었기 때문에 '그녀가 나에게 바라는 것이 무엇일까'라는 의심은 애초에 하지 않았다. 그래서 '순수하게 영화를 보고 나와 만나고 싶었을 뿐'이라는 말을 곧바로 수긍할 수밖에 없었다.

그때 처음 알았다. '친구 사이에서는 아무 이유도 필요 없다'는 것을 말이다.

예전에는 상대방의 호의와 관심은 '조건적'이라고 생각했다. 선생님이 나에게 잘해주는 이유는 내가 열심히 공부해서 우리 반 평균을 높일 수 있게 하기 위함이고, 친구들이 잘해주는 것은 나에게 빵셔틀을 시키기 위해서이며, 부모님은 사회적 책임을 다하기 위해 나에게 잘해주는 것처럼 말이다. 모든 인간관계에는 목적이 필요하며 이용가치가 떨어지면 버림받는 게 당연하다고 믿었지만, 그녀와 친해지고 난 이후로 그것이 나만의 착각임을 비로소 알게 됐다.

'인간관계에서 문제가 발생했을 때 언제든지 보완하고 개선하는 것이 가능하다.'

'사과하면 용서받을 기회는 얼마든지 있으며, 갈등이 존재하더라도 서로를 이해하고 우정을 더욱 견고히 할 수 있다.'

라오황은 달리기 마니아였다. 틈만 나면 소파에 누워서 텔레비전만 보는 나를 데리고 나와 달리기를 시키며 운동습관을 기르도록 도와줬다. 숨이 턱 끝까지 차오를 때까지 뛰고 또 뛰었다. 우리는 달리면서 많은 이야기를 나눴다. 자주 그녀에게 고민 상담을 했고, 그녀는 내가 숨통이 트일 수 있도록 차분히 들어줬다. 그리고 내가 왜 두려워하는지, 힘들어하는지 누구보다 잘 이해해줬다.

유난히 걱정이 많고 자주 우울해하며 사람과 어울리기 힘들어하는 사람이라는 사실을 알아도 그녀는 나를 외면하지 않고 가만히 내 얘기를 들어준 고마운 사람이다. 그녀와 함께 있을 때면 지난날의 상처들이 먼지가 되어 사라지는 것 같았다.

라오황은 자신의 한계를 넘어 끊임없이 성장하며 행복한 삶을 이어가고 있다. 그녀가 행복한 모습을 볼 때마다 나도 덩달아 기분이 좋아지곤 했다. 과거에는 상처가 너무 많아서 성공한 사람이나 행복한 사람을 보면 괜히 질투하고 불평을 하기도 했다. 다른 사람이 잘되는 꼴을 볼 수가 없었다. 대체 다른 사람들은 뭐가 그렇게 행복하고 기쁜 건지, 왜 나만 이렇게 비참하고 외로운지 이해할 수 없었고, 세상이 너무 불공평하다고 생각했다.

하지만 라오황을 만나면서부터 내 마음속 응어리와 시커먼 먹구름들이 조금씩 사라졌다. 그녀의 행복은 곧 나의 행복이었다. 이런 신선한 느낌은 역시나 처음이었다. 다른 사람의 행복을 지켜보는 게 이렇게 즐겁다니 놀라울 뿐이다.

그녀가 나의 안전한 피난처가 되어주지 않았다면 이 모든 게 불가능했을 것이다. 그녀에게서 다른 사람과 어울리는 방법과 어떨 때 용기를 내야 하는지를 배웠다. 덕분에 지금은 적극적으로 새로운 친구를 만들고 원하는 기회가 생겼을 때 쟁취할 수 있게 됐다. 도전할 일이 생기면 여전히 불안하고 두렵지만, 라오황의 웃는 얼굴을 떠올리며 스스로를 격려한다. "민주야, 넌 할 수 있어!"라고.

2017. 11

민주에게

지금은 우리가 현실적인 고민을 할 수밖에 없지만,

앞으로 점점 나아질 거라고 믿어.

너는 내가 대학 생활을 하면서 만난 사람 중 제일 인상 깊은 사람이야.

너를 통해 자신이 원하는 일에 얼마큼 노력할 수 있는지,

얼마큼 아픔을 감수할 수 있는지 알게 됐어.

무엇보다 너를 만나고

다른 사람의 얘기를 귀 기울여 들을 수 있는

마음을 가질 수 있었어.

우리 앞으로도 자주 만나서 이런 저런 얘기도 나누고

맛있는 것도 많이 먹자!

네가 내 친구라서 얼마나 행복한지 몰라.

진심으로 너에게 고마워.

졸업 후, 라오황에게서 카드 하나를 받았다. 그걸 본 순간 눈물이 한없이 쏟아졌다. 지금까지 나는 그녀만 나를 위해 애쓰고 돌봤다고 생각해 미안한 마음으로 가득 차 있었다. 하지만 그녀의 카드를 보고 나서야 우정은 일방적인 관계가 아님을 깨닫게 됐다. 나 또한 그녀에게 긍정적인 영향을 주고 있었다는 사실에 안도했다.

닫힌 마음을
조금씩 조금씩 열어보니

라오황은 나에게 '친구란 무엇인가'에 대해 알려줬고 자기효능감 (self-efficacy)까지 높여줬다. 수행하려는 일을 성공적으로 마칠 수 있다는 믿음이 나를 우울증에서 벗어나게 해줬고, 이전에는 감히 엄두도 내지 못했던 일에 도전할 수 있는 용기도 줬다.

티아오티아오는 2015년 여름방학에 교류차 하얼빈공업대학교를 방문했을 때 처음 알게 된 친구다. 여러 전문대 학생을 초청해 수업을 진행하는 프로그램이었는데, 활동 기간 동안 나는 다른 대학교 학생들과 어느 정도 친해질 수 있었다.

2주 내내 우리는 자유시간만 생기면 함께 버스를 타고 나가서 즐거운 시간을 보냈다. 가는 길 내내 엽기적인 사진도 찍고, 저녁에는 시원한 맥주에 수박을 먹으며 마피아 게임도 했다. 사실 그때 나는 다른 사람들과 잘 어울리기 위해서, 정확하게 말하자면 사람들에게 버림받지 않기 위해서 일부러 활발한 사람인 척 연기를 했다. 뼛속까지 내성적인 성격이었던 터라 하루 종일 계속되는 단체 활동으로 결국 엄청난 스트레스를 받았다. 그래서 잠들기 전에 일기를 쓰면서 혼자만의 시간을 통해 부정적 에너지를 해소해야 했다.

처음에는 티아오티아오에게 경계심을 느꼈다. 단둘이서 놀러 나간 적도 있었지만, 항상 일정 거리를 유지하려고 했다. 그녀는 예쁜 데다가 똑똑하기까지 했다. 내가 외모와 지성에 대한 편견을 가지고 있어서 그런지는 몰라도, 그런 사람들은 교만하고 사교적 수완도 남다를 것이라고 생각했다. 특히 다른 사람을 따돌리는 가해자들의 특징과도 매우 흡사했기 때문에, 본능적으로 그런 위험한 사람과 거리를 두려고 했는지도 모르겠다.

활동 마지막 날 밤에 우리는 다른 친구의 방에서 각자 휴식을 취하고 있었다. 나는 잠깐 비는 시간을 이용해 몰래 일기장을 꺼내 열심히 끄적거렸다. 그때 갑자기 티아오티아오가 휙 다가오더니 한껏 흥분하며 말했다.

"와! 지금 일기 쓰고 있는 거야?"

예상치 못한 그녀의 행동에 깜짝 놀란 나머지, 얼른 일기장을 뒤로 숨겼다. 일기 쓰는 습관을 다른 사람이 아는 것을 별로 원치 않았다.

혹시라도 요즘 시대에 손글씨로 일기를 쓰는 것 자체를 이상하게 보면 어쩌나 싶었다. 더 이상 이상한 사람이라는 꼬리표를 달고 싶지도 않았다.

그런데 그녀의 다음 말은 나를 더 놀라게 했다.

"대단하다! 나도 쓰고 싶긴 한데 꾸준하게 쓰기가 너무 힘들더라고. 어떻게 하면 일기를 습관처럼 쓸 수 있어?"

마치 솜사탕을 바라보는 유치원생처럼 눈을 동그랗게 뜨고 신기하다는 듯 말했다. 그녀의 표정은 진심이었다.

대만으로 돌아온 후에는 서로 생활권이 달라 만나긴 어렵지만, 그래도 페이스북을 통해 연락을 자주 주고받고 있다. 요즘은 경력과 감정에 대한 고민을 함께 나누며 이러한 일들을 해내기 위한 몸부림과 노력에 관한 이야기를 주로 나눈다. 그녀의 이야기를 듣고 나면 그녀는 더 나은 삶을 위해 애쓰는 강인한 사람이라는 사실을 여실히 느낀다. 이런 점이 너무나 부러웠고, 또 배우고 싶었다.

나 스스로 모자라다고 생각하고 있으면, 그녀는 몇 시간 동안 그녀가 본 나의 장점을 조목조목 설명해주며 나도 미처 몰랐던 내 모습과 지금까지 한 번도 들어보지 못했던 긍정적인 이야기를 해줬다. 평소에도 세심한 배려를 보였지만, 조금이라도 자신이 바빠지면 부드러운 말투로 "미안해, 조금 있다가 과외를 가야 해서 이제 그만 인

사해야겠다. 다음에 또 얘기하자!"라며 마음을 전했다. 나에게 '버려지는 것에 대한 불안함'이 있다는 것을 알기라도 하는 듯 한 번도 아무 말 없이 채팅창을 나가지 않았다. 무슨 일이 있더라도 꼭 인사를 하고 나가곤 했다. 나 혼자서 괜히 나쁜 상상을 할까 봐 걱정된 그녀의 작은 배려인 셈이다.

티아오티아오의 이런 행동 덕분에 인간관계에 대한 편안함과 안정감을 느낄 수 있었다. 항상 내 곁에 친구가 있어줄 수는 없다는 것에, 단지 그것은 바빠서 그런 것이며 결코 내가 필요 없어서가 아님을 깨닫게 해줬다. 그녀는 나의 학업과 인간관계에 있어 '본보기'가 되었다.

나에게 분에 넘치게 잘해주는 그녀가 고맙긴 했지만, 한편으로는 외모만으로 오해했던 지난날이 떠올라 미안하기도 했었다. 죄책감에 시달리다가 결국 하루 날을 잡아 조심스럽게 말을 꺼냈다.

"티아오티아오, 미안해. 사실 예전에 너를 오해했었어. 예쁘게 생긴 사람들은 그렇게 착하지 않을 거라고 생각했거든. 옛날에 있었던 나쁜 기억도 떠올라서 너랑 가까워지는 게 두려웠었어."

내 말에 그녀가 생각지도 못한 반응을 보였다.

"네가 무슨 말 하는지 이해해. 나도 그렇게 생각한 적이 있었거든! 내 외모에 자신이 없다 보니 예쁘게 생긴 사람들이 괜스레 미워지더라고. 그런데 예쁘고 일 잘하고 사회성도 좋은 선배들을 만나면서 그제야 선입견이 좀 사라지게 됐어."

그녀의 이 말은 나에게 큰 위로와 도움이 됐다. 자신을 오해했다는 사실을 알면 화를 내거나 서운해하지 않을까 생각했는데, 오히려 그녀는 내 생각을 이해해줬다. 이번 일을 계기로 우리의 관계는 더욱 끈끈해졌다.

지금까지 무엇인가를 꾸준히 써오긴 했지만 상을 받아본 적은 단 한 번도 없었다. 그 흔한 글짓기 상도 받아보지 못했다. 일기를 쓰거나 페이스북에 게시물을 올릴 때도 스스로 글재주가 별로 없다는 생각에 주저할 때가 많았다. 다른 동기들이 올린 예리한 논설문이나 우아한 수필 같은 게시물에 괜히 주눅 들고 부러워하기만 했다.

그때마다 티아오티아오는 나에게 무한 격려를 보내줬다.

"너도 쓸 수 있어. 내가 보기에는 그 사람들보다 네 글이 더 좋아 보이는데? 꾸준히 계속 써봐. 누군가는 네 글을 기다리고 있을지 모르잖아, 바로 나처럼!"

이후에도 그녀는 입이 닳도록 내가 글을 써야 하는 이유를 설파하고, 무슨 내용의 글을 쓰든 언제나 응원해줬다. 칭찬과 인정으로 '난 해낼 수 있어'라는 나에 대한 자신감을 느끼게 했다.

물리 치료사가 환자를 다시 움직일 수 있도록 도와주는 것처럼, 그녀는 나의 불안정한 사춘기를 기꺼이 함께 걸어주고, 나는 결코 부족한 사람이 아니며 무슨 일이든 완성할 수 있는 능력을 갖추고 있다는 사실을 일깨워준 고마운 사람이다.

고양이들을 키우며
알게 된 부모의 마음

매주 금요일에는 아르바이트가 두 개나 있다. 아침부터 저녁까지 13시간 동안 일하고 집에 돌아오면 몸도 마음도 녹초가 된다. 피로에 찌든 나머지 씻기도 전에 거실 바닥에 그대로 누워버린다. 한기가 잔뜩 서린 장판과 피부가 맞닿으면 또다시 세상으로부터 버려진 듯한 기분이 슬금슬금 올라온다.

정말 피곤하다. 죽어라 달리지만 항상 제자리만 돌고 있는 것 같다. 이 우울증의 굴레에서 정녕 벗어날 수 없는 것일까? 가난도 마찬가지다. 최저시급도 받지 못하는 아르바이트를 하면서 공부를 하고 학교 과제도 신경 써야 하다 보니 언젠가 과로로 죽을 수도 있겠다는 생각을 거의 밥 먹듯이 매일 하고 있다.

하루하루 열심히 살았다. 무엇 하나 소홀히 하지 않으려고 모든 틈을 메우려고 애썼지만, 여전히 내 가치를 확인할 수가 없었다. 아무리 노력해도 모두 헛수고일 텐데….

아무튼 그날도 몹시 무기력했고, 여느 때와 같이 나는 바닥에 널브러져 있었다. 몸에서 영혼이 빠져나간 듯했다. 힘이 쭉 빠진 팔을 겨우 움직여 후배에게 문자를 보냈다.

"어떡하지, 너무 피곤해서 죽을 것 같아."

"그럼 언니도 고양이 한 마리 길러보는 건 어때? 가끔 죽고 싶다는 생각이 들 때마다 집에서 기르는 고양이가 나한테 기대서 살아가는 걸 보면, '아, 나도 살 가치가 있는 사람이구나' 싶은 생각이 들더라고. 가끔 와서 애교를 부리는데, 얼마나 예쁜지 몰라."

반려동물을 기르면서 어떻게 우울증을 치료했는지 후배의 경험담을 듣다 보니 일리가 있어 보였다.

다음 날 나는 유기묘 두 마리를 바로 입양했다. 원래부터 고양이를 좋아했지만, 부모님이 고양이를 싫어하고 무서워해서 집에서는 기를 수 없었다. 하지만 지금 '죽음의 문턱'까지 와 있는 상황에서 그런 것을 따질 새가 어디 있겠는가.

외출을 하고 집에 돌아오면 고양이들이 문 앞에 나와 '야옹' 소리를 내며 나를 반겼다. 내가 공부를 하고 있으면 다리에 앉아서 잠을 자고, 새벽에는 뺨을 핥아서 깨우곤 했다. 좁은 방에 생기가 돌기 시작했고, 내 안에 있던 불안함과 외로움도 조금씩 사라졌다.

무엇보다 고양이들을 보살피면서 나와 부모님의 관계가 다시 보이기 시작했다.

객관적으로 보면, 부모님은 나에게 비바람을 피할 수 있는 방과 따뜻한 밥을 삼시 세끼 제공해주시고 지금까지 한 번도 성적에 대한 압박을 주지 않았다. 그럼에도 우리 가족에게는 많은 갈등이 있었고 그 과정에서 상처 또한 많이 받았다. 부모님은 나에 대해 아무런 기대가 없으며, 우수한 학생은 자립심이 강한데 너는 그렇지 않다고 비난하며 수시로 나에게 상처 되는 말을 했고, 이로 인해 자존감이 매우 낮아졌다. 나를 더 화나게 했던 것은 내 감정 따위는 전혀 신경 쓰지 않았다는 것이다. 우울증 치료가 필요하다고 말했을 때조차도 냉담하게 대했다.

"부모님도 엄마 아빠가 된 건 이번이 처음이잖아. 네 모든 변화가 너희 부모님에게도 처음이었기 때문에 그런 상황에서 어떻게 하면 좋을지 몰랐던 것뿐이야."

몇 년 전 어느 책에서 본 문구다. 이 글을 볼 때만 해도 '내가 너무 무리한 요구를 했던 걸까? 부모님도 아마 처음이어서 어떻게 대해야 하는지 몰랐던 게 아닐까?'라는 생각이 들었다. 하지만 이내 '자녀를 어떻게 양육하는지 몰랐다면 육아 관련 서적을 한 번이라도 들

취봤어야 하는 거 아닐까?' 하며 원망하기 시작했다. 선인장에 대해 아무것도 아는 게 없는 주인이 매일 물을 줘서 썩어버리는 것처럼, 나도 양육에 대해 무지한 부모 밑에서 죽어가고 있다는 생각을 이따금 했다.

아빠는 출장을 다녀올 때마다 나에게 선물을 잔뜩 사다 주시곤 했다. 대학교에 들어간 후에도 마찬가지였다. 언젠가 아빠가 상해에 갔다 오시면서 귀여운 캐릭터가 그려진 가죽 지갑을 7개 정도 사다 주셨다. 복잡한 디자인을 좋아하지 않을 뿐더러 워낙에 오래된 물품을 선호하는지라 하나를 쓰면 2~3년 정도 쓰는데, 7개나 사다 주면 어느 세월에 쓰라는 것일까? 결국 나에 대해 전혀 아는 게 없으니 이런 일이 생기는 것이라고 결론 지었다.

그렇다고 얼마나 많은 부모들이 자녀를 온전히 이해할 수 있겠는가? 아마도 아빠는 딸에게 어떻게 사랑을 표현하는지 알지 못해서 선물로 그 마음을 대신했던 건지도 모른다. 하지만 '다 쓰지도 못할 선물보다는 작은 격려의 말이나 잠깐이지만 함께 시간을 보내주는 것만으로 충분할 텐데'라는 아쉬움이 남는다.

물론 어떤 사람은 내가 복에 겨운 소리를 하고 있다고 생각할지 모른다. 다른 아이가 우리 집 같은 자유분방한 분위기에서 자랐다면 나와 달리 정말 즐겁게 지냈을 수도 있다. 하지만 아이들마다 선천적인 기질이 다르며, 부모와 자녀도 따지고 보면 독립적인 존재이기 때문에 서로의 스타일에 맞춰야 할 필요가 있다.

이렇게 껄끄러운 사이가 된 데에는 나에게도 어느 정도 책임이 있었다. 나는 무슨 일이 있으면 혼자 삭히고 말을 하지 않는 스타일이다. 반대로 생각하면, 내가 말을 하지 않으니 부모님은 내 감정이 어떤지 알 방도가 없었을 것이다.

아빠가 언젠가 나에게 이런 말씀을 하셨다.

"나는 네가 이렇게 예민한지 몰랐구나. 농담으로 한 말까지도 마음에 담고 있었다니."

가족은 평생 함께하는 존재다. 누구라도 먼저 변화하고자 나서지 않는 한 관계는 절대로 개선되지 않는다. 나는 한참을 버티고 버티다가 부모님과 소통하기로 마음을 먹었다.

다시 고양이 이야기로 돌아가보자. 내가 기르는 고양이들은 같은 배에서 태어난 흰 바탕에 얼룩무늬 고양이다. 원래는 한 마리만 기를 생각이었는데, 입양센터에서 내가 고른 고양이가 외로움을 너무 많이 타서 꼭 다른 고양이와 함께 데려가야 한다고 했다. 외로움의 영향이 얼마나 큰지 누구보다 잘 알고 있었기 때문에 결국 두 마리 모두 데려오게 됐다.

수고양이의 이름은 '취두부'다. 막 집에 데려왔을 때 대소변을 못

가려 매번 자기 대소변을 밟고 다녀서 온몸에 악취를 풍기고 다녔기 때문이다. 암고양이는 입가의 주황색 얼룩이 마치 김칫국물에 묻은 듯해서 이름을 '파오차이'라고 지었다.

같은 배에서 나왔지만 두 고양이의 성격은 완전히 달랐다. 취두부는 새로운 환경에 적응하는 능력이 뛰어나 온 지 1주일 만에 애교를 부리며 품에 안기려 한 데 비해, 파오차이는 매우 신경질적이고 항상 멀리 숨어서 지냈다. 그리고 나도 모르게 사람에게 잘 다가오는 취두부를 더 좋아하게 됐다.

하지만 며칠 지나지 않아서 내가 편견을 가지고 있음을 깨달았다. 내 성격은 사실 파오차이와 매우 비슷하다. 쉽게 긴장하고 불안해하며 고집도 세고 나름 독립심이 강하다. 또한 무의식중에 부모님과 일정한 거리를 유지하려고 한다. 취두부와 파오차이를 보고 있으면 어린 시절 어른들이 왜 그렇게 사촌 동생을 예뻐했는지 알 것 같다. 하지만 내가 인간관계에 위축돼 있다고 해서 '사랑'이 필요하지 않은 것은 아니다. 그래서 가끔은 일부러 파오차이를 더 많이 쓰다듬어주고 나 스스로 편견을 가지면 안 된다고 자각한다.

또 한 번은 동물병원 의사가 유기묘들은 구충제를 복용해야 한다는 얘기를 듣고 300위안이나 들여 약을 지었다. 집에 돌아와 약을 먹였는데, 두 마리 모두 약을 혀 밑에 숨기고 있다가 내가 한눈판 사이에 몰래 구석에 다시 뱉어놓았다. 그 모습을 보자마자 너무 화가 나고 약이 올라서 혼을 냈다.

"이 약이 얼마인 줄 알아? 돈 벌기가 얼마나 힘든데! 너희 병 걸리지 말라고 먹이는 건데, 이걸 도로 다 뱉어놔?! 다음에 또 이러면 너희들 동물병원 앞에다 묶어두고 구걸시킬지도 몰라, 사룟값은 너희들 알아서 벌게."

한바탕 쏟아붓고 나니, 살짝 미안한 마음이 들었다. 유치원 시절에 나 또한 쓴 약이 너무 싫어서 몰래 화장실 변기에 버리곤 했었는데, 나중에 엄마가 그 사실을 알고는 한바탕 난리가 났었다. 그리고 예전에 아빠가 농담처럼 "너 갖다 버릴 거야"라고 말한 적이 있다. 내 감정 따위는 전혀 고려하지 않은 말이었다. 어쩌면 내가 고양이들에게 한 말도 이와 같지 않았을까? 잔뜩 겁을 먹은 아이들의 모습을 보니, 나라는 존재가 그들에게 얼마나 무서운 존재였을지 새삼 깨닫게 됐다.

지금은 아빠가 상처를 주는 말을 해도 "방금 한 말이 나한테 얼마나 상처가 되는지 알아요? 그런 식으로 말하지 않았으면 좋겠어요"라고 말한다. 여전히 아빠는 나에게 어떻게 말해야 하는지 모르는 듯하지만, 천천히 가다 보면 우리가 함께 지내는 방법을 찾아낼 거라 믿는다. 실제로도 미약하지만 아빠가 변하고 있음을 느낀다.

예전에 가족 여행을 갔을 때 "너무 피곤해서 호텔에 있었으면 좋겠다"고 말하면 아빠는 항상 "내가 너 자라고 그만한 돈을 쓰고 여기까지 왔겠니?"라고 나를 꾸짖으셨다. 하지만 지금은 다르다.

"생리통이 심하니? 그럼 좀 쉬고 있어. 아빠 혼자 나가서 잠깐 돌아보고 올게."

며칠 전에 기분이 너무 좋지 않아 아빠에게 그동안 있었던 일을 말했더니, 의외의 말을 하셨다.

"실은 나도 어렸을 때 애들한테 괴롭힘을 당했었어. 너무 외로워서 혼자 지도를 들고 여기저기 자전거를 타고 돌아다녔었지. 그랬더니 마음이 좀 풀리더라. 마음이 좋지 않을 때 스스로 위로할 방법을 찾아야 해. 그런 이유로 이번에 너에게 차를 선물해줄까 싶어. 기분이 안 좋을 때마다 바다라도 다녀올 수 있게 말이야. 인생에 좋은 기회들이 많지만, 특히 난 너와 네 엄마를 만난 걸 감사하게 생각해. 아빠는 널 정말 많이 사랑하고 있단다."

예전의 아빠였더라면 절대 하지 못했을 말이다.

고양이를 기르면서 나는 보살피는 사람으로서의 스트레스를 경험하고 있다. 우리 부모님도 나를 사랑하긴 하지만 그들 역시 나름의 어려움을 겪고 있었기 때문에 내가 상처받는 것까지 미처 생각하지 못했다는 사실을 이제는 안다.

참고로 우리 집은 가정폭력이나 학대는 없었다. 단지 직장과 학교에서 받은 스트레스를 집까지 가져와서 이런 부정적인 감정과 부당한 갈등을 처리하는 데 있어 서로에게 상처를 입히게 된 것뿐이다. 모든 가정의 사정은 다르기 때문에 우리 가족들에게 일어난 일이 누구에게나 일어날 것이라고 장담할 수 없고, 이 방법이 무조건 옳다는 것도 아님을 알린다.

다만 어떤 상황이든 상대방의 입장에서 그 사람이 겪었을 어려움을 이해하는 법을 배울 필요는 있다. 과거의 상처에서 헤어 나오지 못한 채 허우적대는 자신과 화해하고 앞으로 다가올 행복한 날들을 위해서 말이다.

인간관계가
너무 어렵다면

사회적 지지는 우울증 치료를 돕는 중요한 요소이긴 하지만, 따돌림을 당했거나 사람에게 배신당해본 적 있는 사람들은 사람을 사귀는 일이 마냥 쉽지만은 않을 것이다. 이전처럼 먼저 다가가거나 말을 걸지 못하고, 자신의 속내를 솔직하게 털어놓고 감정을 교류하는 일마저 눈치 보게 되며, 괜히 누군가에게 미움을 살까 봐 말과 행동을 더 조심할지도 모른다.

혼자 있고 싶지만 외롭고 싶지 않은 게 우리들의 마음이다. 인간관계를 잘 유지하고 싶다면 우선 옛날의 기억에서부터 벗어나야 한다.

내 경험담을 토대로 좋은 인간관계를 맺고 유지할 수 있는 방법을 일곱 가지로 정리해봤다. 관계를 이어가는 데 부디 도움이 됐으면 좋겠다.

1. 과거는 잠시 잊자

'잘 알지도 못하는 사람인데, 어쩐지 마음에 안 들어. 하는 일도 다 눈엣가시야!'

과거를 회상해보면 분명히 누군가에게 상처받은 경험이 있을 것이다. 우리는 자신에게 상처를 준 사람의 얼굴과 목소리, 습관 등이 머릿속에 깊이 박혀 있어, 비슷한 사람을 만나게 되면 뇌에서 배척하고 두려운 감정부터 앞선다.

하지만 과거의 경험에 갇혀 있으면 좋은 친구를 사귈 기회마저 놓칠 수 있다. 정상적인 생리적 반응이긴 하지만 이러한 함정에 빠지지 않길 바란다. 그럴 때일수록 지금은 '다른 상황'과 '다른 사람'이라는 사실을 스스로 인식해야 한다.

2. 존중하고 공감하되, 강요하지는 말자

사람과 사람은 성장 배경이 서로 다르기 때문에 가치관도 다르기 마련이다. 때로는 별것 아닌 일에도 목숨 걸고 싸우느라 서로에게 상처를 입히는 경우도 종종 생긴다.

이때는 "당신의 의견에 동의하지 않지만 당신의 말할 권리는 지켜줄 수 있다"는 볼테르(Voltaire)의 오랜 신념처럼, 각자 자신의 의견을 고수하되, 상대방의 입장을 존중하고 고려할 줄 알아야 한다. 만약 도저히 맞지 않는다면 그냥 인사만 하는 사이로 남으면 된다. 억지로 좋아지려고 노력하면 오히려 서로가 고통스러워질 수 있기 때문이다.

3. 적당한 만남을 가지자

'내가 너무 자주 불러내는 걸까?'

'내가 너무 질척거렸나?'

석사 과정을 밟는 후배와 함께 밤 10시만 되면 야식을 먹으러 나가서 수다를 떨곤 했다. 매번 한두 시간 정도 나갔다 들어오면 그녀는 다시 연구실로 몸을 향했다. 그런 그녀를 볼 때마다 미안한 마음이 들었다. 혹시 몰라 후배에게 솔직한 심정을 물어봤다.

"나는 언니랑 같이 밥 먹을 때가 제일 좋아. 만약 시간이 없었으면 거절했겠지. 억지로 나간 적은 단 한 번도 없으니까 걱정하지 마!"

만나면 너무 편해서 솔직한 모습을 다 보여줄 수 있는 사람이 있는가 하면, 친하기는 한데 만나기만 하면 스트레스가 되는 사람도 있다. 두 사람 간의 만나는 적당한 시간과 횟수에 관한 견해가 서로 다를 수 있으므로 더 많이 소통하고 조절을 해보는 것이 좋다. 친구와 원만한 관계를 유지하려면, 서로의 동의하에 만남을 가질 필요가 있다. 너무 붙어 있지도, 너무 냉담하지도 않은 정도의 선을 유지하는 것이 가장 바람직하다.

4. 타인에게 속마음을 얘기해보자

"속마음을 말할 만한 사람이 단 한 명도 없다니! 정말 이상한 일이야."

대학교 동아리 총회장을 맡고 있는 친구가 있었다. 주변에 친구가 많은 아이였는데, 나만 만나면 그렇게 하소연을 했다.

내가 보기에 그 친구는 지나치게 공과 사의 구분이 확실했다. 꼭 해야 하는 활동 외에는 따로 친구들과 만나서 잡담을 하거나 감정을 공유하는 경우가 거의 없었다. 그러다 보니 진짜 마음을 나누고 비밀을 공유할 친구가 한 명도 없었던 것이다.

우선 그 친구에게 동아리 활동을 하면서 가치관이 비슷한 사람과 따로 시간을 내서 대화를 나누고 경험을 나누길 권했다. 적당한 자기 노출(self-disclosure)을 통해 타인과 깊은 관계를 형성하도록 말이다. 자기 노출은 자기 자신의 신상에 대한 기술이나 감정 또는 생각을 남에게 전달하는 커뮤니케이션을 말한다.

단, 두 사람의 관계가 그리 깊지 않으면 서로 잘 맞지 않거나 부정적인 면만 얘기하게 되는데, 오히려 관계에 부정적인 영향을 미쳐 역효과만 날 수 있다는 점을 기억하자.

5. 공통분모를 찾아보자

우리는 상대방과 자신이 가진 특징 중에 비슷한 점이 하나라도 있으면 급속도로 친해지게 된다.

예를 들어, 내가 친구 D와 친구가 된 이유는 우리 둘 다 배구를 좋아하기 때문이다. 하지만 그녀는 쇼핑을 좋아하는 데 비해 나는 그다지 좋아하지 않는 편이다. 만약 그녀가 계속해서 나를 데리고 백화점에 갔다면 그녀에게 거부감을 느끼거나 스트레스를 받았을 것이다.

또 내가 친구 F와 친해지게 된 이유는 우리 둘 다 소설을 좋아하기 때문이다. 우리는 만나면 주로 어떤 소설을 읽었는지에 대해 이야기한다. 그러나 그는 집에 있는 걸 좋아하고, 나는 나가서 돌아다니는 것을 더 좋아한다. 소설과 관련된 이야기를 할 때는 더할 나위 없이 좋은 친구지만, 여행하기에는 썩 좋은 대상이 아닌 셈이다.

상대방에게 같이 할 취미가 있든 없든, 함께 지내다 보면 크고 작은 마찰이 생기기 마련이다. 친구를 사귀는 가장 좋은 방법은 친구의 특징에 따라 구분을 지어두는 것이다. 독서 친구, 운동 친구, 밥 친구, 일 친구, 속내를 터놓을 수 있는 친구를 따로 구분해두면 각자 만족하는 선에서 서로에게 맞는 친구로 있을 수 있다. 그렇다고 상대방을 도구로 이용해선 안 되며, 상대방이 원하는 것을 존중할 줄 알아야 한다.

6. 서로 도와주는 관계가 되자

사회학자 조지 호먼스(George Homans)는 인간관계에서 나타나는 모든 사회적 행위를 일종의 '상품을 교환하는 행위'로 봤다. "인간은 본질적으로 이익(reward)을 추구하고 징벌(punishment)을 피하는 존재이기 때문에 얻어질 수 있는 이익을 최대화하고 치러야 할 비용(cost)을 최소화하는 방향으로 행동한다"며, 관계 속 공평함(equity rule)을 강조했다.

다시 말해, 사람은 각자 필요에 따라 관계를 지속하기 때문에 서로에게 이익이 되는 관계인지 아닌지를 따질 수밖에 없다. 한 번 생각해보자. 친구가 해달라는 것은 다 해줬는데, 고맙다는 말 한마디도 하지 않는다면? 과연 이 관계를 계속 유지할 수 있을까?

7. 정기적으로 연락하자

'연락이 되면 하는 거고, 안 되면 말지 뭐!'

혹시 이렇게 생각하지는 않는가? 몇 년만 지나도 삶의 환경이 달라지고 성격도 변하기 때문에 자주 연락을 주고받지 않으면 나중에 서로가 낯설어질 수 있다.

'안 그래도 일 때문에 바쁘고 정신없는데, 친구 관계까지 그렇게 신경 써야 할까?'라고 생각하는 사람도 분명 있을 것이다. 하지만 조금만 가볍게 생각해보자. 1∼2년에 한 번씩 얼굴을 보면서 서로 간의 근황을 이야기하는 것이 가장 좋겠지만, 직접 만나지 않아도 인스타그램이나 페이스북 같은 SNS를 통해 언제든 자신의 정보를 공유하고 기쁘운 대화라도 나누길 바란다.

'우울한 나'도 '소중한 나'의 한 부분

우울증을 앓은 지 벌써 8년째다. 지금은 안정기인 예후 단계에 접어

들었지만 여전히 우울증으로 인한 후유증과 싸우고 있으며, 종종 비

관적인 사고와 자살 충동을 느낀다. 그럴 때면 또다시 두려움이 밀

려오곤 한다.

'평생 이렇게 상처받은 채로 살아야 하는 걸까? 왜 나는 아직도 긍

정적인 사람이 되지 못한 것일까? 이번 생은 틀린 걸까? 뭐가 이렇

게 어려운 거지?'

대부분의 사람들은 우울증을 회복한 후에도 계속해서 재활 훈련

을 해야 한다는 사실을 잘 모른다. 또한 우울증도 완치될 수 있으며,

완치 후에는 바로 '정상인'이 될 수 있다고 오해한다.

하지만 실제로 우울증을 벗어나려면 정말 많은 고행을 견뎌야 한

다. 퇴원을 하고 약도 먹지 않는 지금, 사람들은 이제 나를 '정상인'으로 생각하지만 사실 아직 풀어야 할 숙제가 많다. 상처를 회복하고, 자신감을 높이고, 인간관계를 형성하고, 생활 밸런스를 조절하는 법을 배우고, 자기 공격적 사고방식을 바꾸는 등 보이지 않는 내면의 훈련들을 해야 한다. 남에게 '이상한 사람'으로 보이지 않기 위해 애써 노력하는 것이 아니라, 자신의 특징을 이해하고 타고난 재능을 계발하고 단점을 인정하며 자신과 잘 지내기 위해서 꼭 거쳐야 하는 단계이기 때문이다.

부모님은 내가 우울증에서 벗어나기만을 기다리셨다. 그래서 최근 몇 년간은 '너무 불안해서 아무것도 못 하겠어'라며 내 인생에 대한 책임감을 등지고 도망칠 수 없었다. 부모님을 정말 많이 사랑하고, 두 분이 힘들지 않았으면 하는 마음에서였다.

그러기 위해서는 계속해서 우울증과 싸워나가야 했다. 때로는 내가 겪고 있는 상황을 설명하기 위해 부담스러울 만큼 심리적 에너지를 쏟아야 하기도 했다. 몇 마디 하지 않았는데도 몸과 마음이 불편하고 고통스러워지지만, 그래도 꿋꿋하게 하루를 살아내려고 노력하고 있다.

학창시절 따돌림을 당했던 경험은 지금까지도 나에게 어두운 그림자로 남아 있다. 그런 영향 때문인지 대학교 첫 학기부터 사람들과 친하게 지내지 못해 아무도 나와 조별 활동을 같이하려고 하지 않았다. 당시 휴학까지 생각할 정도로 외로움과 마음고생이 심했었다. 지금도 가끔 나보다 강해 보이는 상대를 만나면 어찌할 바를 모르고, 혹시라도 그 사람이 내 옆에 앉을까 봐 불안해했다. 여기저기 강연을 다니고 많은 세미나와 활동에 참여하고 있지만, 여전히 많은 사람들 속에 있을 때면 머리가 새하얘지곤 한다.

병세가 호전될 즈음 내 마음속은 여러모로 심란했다. 내 병세가 안정을 찾은 게 맞는지 확신할 수 없었다. 단지 감정이 크게 다운되지 않을 뿐, 인간관계에 대한 열등감은 여전히 남아 있었다. 그래서 사방을 돌아다니며 우울증에 관련된 도서와 심리학 에세이를 열심히 읽으면서 내가 겪고 있는 질병과 심신 상태를 더 깊이 이해하고자 했다.

그러나 바람과는 달리 오히려 나를 자책하는 날이 더 늘어났다.

'다른 사람들은 이렇게 빨리 회복했다는데, 나는 왜 이래? 벌써 몇 년째 재발하고 도통 나아질 기미가 보이질 않잖아.'

다른 사람들이 빨리 회복한 것에 비해 여전히 제자리걸음을 하고 있는 내 모습에 좌절감이 몰려왔다. 또한 시중에 나와 있는 우울증 도서만으로는 그 뒤에 가려진 환자들의 고통을 느낄 수가 없었다. 이유는 두 가지였다. 하나는 증세가 호전되고 얼마 되지 않아 쓴

2015. 08. 22

어제 ○○에 엄청 시끄러운 여학생이 나타났다.

체구는 아주 작았지만, 나와 정반대의 성격을 가지고 있어서

그 아이 앞에 설 때면 왠지 모르게 위축되곤 했다.

나를 왕따 시키면 어쩌나 무서웠다.

과연 친해질 수 있을지 모르겠다.

편입 시험을 본 후, 나는 동아리에서 하계 수련회에 참여했다. 거기서 활발하고 사회성도 좋은 여학생과 같이 연습을 하게 됐다. 처음 만났을 때는 혹시라도 또 따돌림을 당하지 않을까 무섭기도 했었다.

것들이었다. 우울증은 장시간에 걸쳐 치료 과정을 거쳐야 하는 병인데, 그 후에 그들이 어떻게 됐는지 알고 싶어도 알 수가 없었다. 다른 하나는 우울증을 유발하는 원인이 너무 많아서 환자마다 전부 다른 이유를 갖고 있었다. 따라서 내 증상과 비슷한 사람을 힘들게 찾았더라도 실질적인 도움을 얻는 것은 사실상 불가능했다.

무엇보다 심리학 전문가가 아닌 환자가 쓴 경험담은 자칫하면 지금 우울증을 겪고 있는 환자들에게 오해를 불러일으킬 수 있다. 내가 알고 있는 우울증 환자의 증상과 다르면 그 사람은 '가짜'라고 판단할 수도 있기 때문이다. 우울증 진단은 섣불리 할 수 없다. 실제로 의사들도 참고하는 진단 데이터에 따라 다른 진단이 나오기도 한다.

이후 심리학 도서 위주로 찾아 읽기 시작했다. 우울증은 왜 생기는지, 우울증의 증상은 무엇이 있는지, 또 예후에 나타나는 문제들과 개선 방안들은 무엇인지 정확하게 알고 싶었다. 이를 통해 알게 된 사실은 '나 자신을 이해하고, 타인과 어울리고, 가족관계를 개선하는 법을 배우면, 우울증 재발 확률이 낮아진다'는 것이다. 태어나면서부터 가지고 있던 타고난 예민함과 부정적인 사고는 변화시키기 어려울 수 있어도 최소한의 노력을 통해 안전한 환경(우울증 재발 요소와의 접촉을 최소화할 수 있는 환경)을 만들면 다음 단계로 나아갈 수 있을 것이다.

우울증을 치료하는 과정에서 겪는 어려움은 대개 환자의 사회적 기능과 감정 제어 기능이 결여된 데서 비롯된다. 곁에 사람이 없으니 사회적 기능을 키울 수 없고, 사회적 기능이 낮으니 인간관계를 형성하는 것 또한 힘들어진다. 이런 순환이 계속되면 이전보다 더 심각한 우울증에 시달리게 되고, 끝나지 않는 굴레에서 벗어나기 위해 자살의 유혹에 빠지기도 한다.

신체적 질병은 외관상 확인이 가능해 사람들이 그 상처에 대해 이해해주곤 하지만 우울증은 다르다. 사회생활에 적응 못할 때에도 누구 하나 이해해주지 않는다. 많은 사람들이 우울증을 성격장애로 알고 있고, 우울증을 겪고 있는 사람 역시 자신이 긍정적이지 않고 사회적 경험이 부족하기 때문에 일종의 자업자득으로 얻은 병이라 생각하는 경우가 많다.

그러나 사회 전체가 낙관주의적 사고를 추앙하는 분위기라고 해서, 낙관주의가 절대적으로 우수하거나 비관주의가 절대적으로 열세하다고 할 수 없다. 단지 서로의 특징이 다를 뿐이며, 모두 장단점이 있다. 낙관주의자는 도전을 즐기긴 하지만 위험을 얕잡아보는 경향이 있다. 반면에 비관주의자는 걱정과 두려움이 많은 편이지만 다른 한편으로는 신중하고 위험을 미리 방지하는 사람이라고 볼 수 있다. 그러므로 조금만 더 우울증 환자에게 너그러운 태도를 보이고 기회를 주면 좋겠다.

결국 내가 이 책을 통해 하고 싶었던 말은, 자신의 마음을 조절하는 방법을 배워야 한다는 것이다. 물론 심각한 문제일 경우 전문 상담사를 찾아가 도움을 구하는 것도 필요하지만, 치료는 일시적일 뿐 건강한 사고방식을 갖고 삶에 적용하는 것은 자기 스스로 얼마나 꾸준히 연습하고 훈련하는지에 달렸다. 일시적인 회복을 얻겠다는 마음보다 건강한 심신으로 완전히 회복시키겠다는 굳은 다짐이 필요하다.

당장 어떻게 될지 모르는 내일을 생각하면 막막하기만 하다. 평생 좋아지지 않을지도 모르는 우울증과 함께 살아야 된다는 생각을 하면 절로 무기력해진다. 하지만 마음에 상처를 입히면서까지 '조금만 버티면 괜찮아질 수 있다'라며 마음에도 없는 소리로 나를 위로하지 않을 것이다. 그보다는 마주하고 싶지 않은 이 불편한 감정을 받아들이고 인정해보려 한다. '우울한 나'도 '소중한 나'의 한 모습이니까.

내가 느끼는 감정을 무시하고 억누르면서까지 섣부르게 우울감에서 벗어나려고 하지 않을 것이다. 나를 더 이상 미워하지도 자책하지도 원망하지도 않겠다. 우울 위에 설 수 있도록 앞으로도 계속, 살아가보려 한다.

마지막 바람이 있다면, 누군가 우울해할 때 '괜찮아, 노력하면 다 이겨낼 수 있어'라는 어설픈 위로로 슬픔을 달래려 하지 않기를 바란다. 다만 곁에서 그들의 이야기를 귀담아 들어주고 자존감을 높일 수 있도록 응원해줬으면 좋겠다.

대부분의 사람들이 지금 자신의 상태가 어떤지
·······································
자각하지 못해 '마음의 병'을 키우고 있다.
·······································
혹시 여러분도 그렇지 않은가?
·······································

부록에서는 우울증이 발생하는 원인과 다양한 증상,
치료 방법 등에 대해 알려주려고 한다.
하루라도 빨리 여러분의 우울증이 개선되길 바라는 마음으로
그동안 배운 것들과 경험했던 것들을 이곳에 꾹꾹 눌러 담았다.

우울증에 대하여

어쩌면 나도 우울증?

우울증은 슬프거나 울적한 느낌이 기분의 문제를 넘어 신체와 생각의 여러 부분에까지 영향을 미쳐 개인의 활동이나 사회생활에 영향을 주는 상태를 말한다. 감기처럼 흔하지만 목숨을 위협할 수 있는 아주 위험한 질병이다.

우울증을 앓아본 적 없는 사람들은 우울증을 '극소수의 사람들이 겪는 병'이라고 생각할 것이다. 거기다 나약한 사람에게서 대개 그런 증상이 나타나는 것이라고 지레짐작하고 판단할지도 모른다. 이러한 주위의 시선으로 인해 우울증을 빨리 치료하기보다 가능한 치료를 뒤로 미루고 병을 숨기기에 급급하다. 정신과 치료를 받아야 한다는 것에 대한 편견 때문에 선뜻 치료에 적극적으로 나설 수가 없는 것이다.

실제로 2002년 국민건강보건국에서 발표한 조사 결과에 따르면, 대만의 우울증 환자는 2만 명을 넘어섰다. 15세 이상의 국민 8.9퍼센트가 중증 우울증을 앓고 있으며, 우울증을 앓고 있는 사람은 100만 명이 넘을 것으로 예측했다. 심지어 5.2퍼센트가 심각한 우울증을 앓고 있는 것으로 드러났다. 그러나 치료를 받는 비율은 2.3퍼센트에 그친다. 이러한 실태는 심각한 우울증 환자의 절반 이상이 제대로 된 치료를 받지 못하고 있음을 보여준다.

'나도 혹시 우울증이 아닐까?' 하는 생각이 든다면, 우선 '우울증 자가 진단 검사(16페이지 참고)'를 통해 우울감 정도를 확인해본 뒤 정신과 의사나 전문 상담가 등 전문가의 도움을 구하길 바란다. 또는 자살상담 콜센터를 이용하는 것도 좋은 방법이다.

참고로 자가 진단만으로 우울증을 판단하는 것은 금물이

다. 반드시 전문의와 심리상담가와의 면담과 검사를 통해 빈틈없이 살펴봐야 한다. 우울증은 약물 남용이나 신체 질병으로 인해 생기는 병이 아니며, 정신분열증과 같은 다른 정신질환으로도 설명할 수 없는 질병인 만큼 우울증 판정은 특히 더 신중해야 한다.

우울증의 원인은 무엇일까?

우울증의 가장 큰 원인은 바로 '스트레스'다. 스트레스가 심한 현재를 살아가는 우리는 누구나 우울증 환자가 될 가능성이 있다.

세계보건기구(WHO)에 따르면, 전세계에서 40초마다 1명씩 자살로 생을 마감하고 있다. 이 사망자들의 대부분이 죽기 전에 우울증을 보였다. 이처럼 우울증이 우리에게 미치는 영향을 결코 무시해서는 안 된다.

그 외에도 과도한 스트레스에 장기간 노출되거나 정신적 외상, 성격 특성(완벽주의자, 형식주의자, 타인의 시선을 지나치게 의식하는 사람, 거절하기를 어려워하는 사람, 결정 내리기를 잘 못하는 사람 등), 가정환경, 가정교육, 사회문화, 인간관계 등 우울증의 원인은 매우 다양하다. 배우자를 잃거나 실업, 이사 등 중요한 사건이나 암이나 심근경색, 당뇨병 등 심각한 질병으로 인해서도 발생할 수 있다.

우울증에는 어떤 증상이 나타날까?

우울증은 조기 발견이 쉽지 않다. 보통 불면증, 식욕 감퇴 같은 생리적인 현상이 먼저 나타나고, 그 후에 정신적인 문제들이 생겨난다. 그런 이유로 초기에는 오진할 확률이 높다.

이외에도 사람마다 우울증이 한꺼번에 나타나거나 교대로 나타나는 경우도 있다.

1. 우울증의 생리적 증상

피로, 기면증, 건망증, 수면 장애, 안구 피로, 현기증, 식욕 감퇴, 복부 팽창, 다한증, 근육통, 두통, 어지러움, 성욕 감퇴 등

2. 우울증의 정신적 증상

컨디션 저조, 모든 것에 흥미를 잃음, 자살 충동을 느끼거나 자신감 저하, 자책, 죄책감, 비관적인 사고 반복 등

사실 '평범한 사람'과 '우울증 환자'를 이분법적으로 설명하기에는 다소 무리가 있다. 모든 사람이 같은 스펙트럼 상의 다른 위치에 있다고 생각하는 것이 더 옳으며(아래 그림 참조), 우울증 환자와 평범한 사람 사이에 큰 차이가 있다고 할 수 없다. 단지 아주 미세한 차이가 존재할 뿐이다.

우울한 감정은 누구든지 느낄 수 있지만, 이것이 2주 이상 지속되고 일상생활에 영향을 끼친다면 우울증을 의심할 필요가 있다.

• 우울 스펙트럼 •

평범한 사람   우울증 환자

가끔 우울하다   항상 우울하다   2주 이상 우울함이 지속된다

나는 우울증을 겪으면서 특히 심한 난독증을 경험했다. 난독증은 글을 유창하게 읽지 못하고 철자를 정확하게 쓰기 어려워하는 것을 뜻하며, 학습 장애의 한 유형으로 '읽기 장애'라고도 한다. 여러 가지 요인이 있지만 대부분 환경적 요인과 유전적인 요인이 가장 많은 비중을 차지한다.

내 경우에는 책을 읽거나 글을 쓸 때면 단어는 이해하는데 그걸 문장으로 연결하거나 문장의 핵심을 찾기가 매우 어려웠다. 일부러 글자보다 그림이 많은 아동서만 골라 읽곤 했다.

난독증은 임상적으로 확인하기 까다로운 질병으로, 전문가를 통해 검사를 진행한 후 진단한다. 보통 '시지각 능력', '청지각 능력', '언어지각 능력', '운동신경 협응 능력' 이 네 가지로 나눠 검진하는데, 진단하기 전 임상 테스트 결과와 학교에서의 학업 능력과 관련된 정보를 얻기 위해 부모와 선생님을 개별적으로 면담한 후 영향을 미칠 수 있는 기타 요인(사회문화, 교육 환경, 시각·청각 장애 등)은 배제시키는 작업을 필수로 진행한다.

읽기는 '글자 인식'과 '독해' 두 부분으로 나뉜다. 글자 인식 능력이 부족한 사람의 경우 집중력이 떨어져 본문의 의미를 깊이 연구하는 단계에 이르지 못하며, 더 나아가서는 내용 자체를 이해하지 못한다.

난독증을 치료하기 위해서는 후천적인 노력이 반드시 필요하다. 학습을 향상시키기 위해 청각, 시각, 촉각 등 여러 가지 감각을 활용하는 것도 정보를 처리하는 데 도움을 줄 수 있다. 또한 강의 노트를 적기보다 녹음하는 것, 책을 읽기보다 녹음된 테이프를 듣는 것, 철자와 문법을 확인하기 위해 컴퓨터 소프트웨어를 사용하는 것 등의 보조적 방법을 활용해보는 것을 추천한다.

내가 한없이 부족한 존재라 느껴진다면

학교에서 좋은 성적을 받거나 회사에서 상을 받을 때 혹시 '내가 장학금을 받을 만큼 잘한 것 같지는 않은데' 또는 '대표로 상을 받을 자격이 있을까?'라고 생각해본 적 있는가? 자신이 이룬 성취나 성공이 자신의 능력 밖의 일이라 다른 사람이 사실을 알면 실망해하지 않을까 걱정해본 적 있는가? 그렇다면 '가면증후군(Imposter Syndrome)'을 의심해보길 바란다.

가면증후군은 질병이 아니라 인간의 인격 특성이라고 볼 수 있다. 이 현상은 1978년 임상심리학자 폴린 클랜스(Pauline Clance)와 수잔 임스(Suzanne Imes)가 처음 제기한 이론으로, 실제로 우수한 능력이 있고 많은 업적을 이뤘음에도 불구하고 자신이 실제로는 무능하며, 언젠가는 사람들이 이런 사실을 알게 될지도 모른다고 걱정하는 현상을 가리킨다.

가면증후군을 겪는 사람들은 자신의 성공과 업적에 대해 운 또는 타이밍이 좋았다거나 주변 사람들의 도움이 있었기에 가능했던 것이라고 여기며, 자신의 기여도를 과소평가하는 경향이 있다. 페이스북 최고운영책임자인 셰릴 샌드버그(Sheryl Sandberg)도 실제로 이와 같은 현상을 겪었다고 고백한 바 있다.

만약 당신에게도 가면증후군 증상이 있다면 아래 방법을 참고해 자신에게 좀 더 확신을 가질 수 있도록 노력해보길 바란다.

첫째, 자신의 전문성과 가치를 인정하라. 오늘날 당신이 이룬 것들이 단지 운이 좋아서라고 생각하지 마라. 뛰어난 능력과 노력, 성실함이 축적돼 이루어진 결과임을 잊지 마라.

둘째, 당신이 잘하는 일에 집중하라. 당신이 이룬 성공과 칭찬 리스트를 하나 만들자. 자기 스스로에 대한 의심이 밀려올 때 리스트를 보며 다시금 마음을 다잡길 바란다.

셋째, 완벽한 사람은 없다는 사실을 인정하라. '완벽을 추구할 수 있지만 완벽해진다는 것은 불가능하다'는 것을 이해해야 실수도 너그럽게 넘어갈 수 있다.

넷째, 실패는 '끝'이 아니라는 사실을 기억하라. "실패는 성공의 어머니"라는 말처럼 작은 실패의 경험을 통해 더 큰 일을 이룰 수 있다. 엄청난 실력을 가진 축구팀도 매번 승리를 거두진 않는다.

다섯째, 마음을 터놓을 수 있는 사람을 찾아라. 끊임없이 자신을 부인하는 순간마다 그 사람을 찾아가 고민을 이야기하고 그의 생각을 귀담아 들어보길 바란다.

여섯째, 두려움 때문에 뒤로 물러서지 마라. 스스로를 과소

평가하지 마라. 충분한 능력을 갖추고 있으니, 목표를 향해 멈추지 말고 달려가라.

일곱째, 전문가의 도움을 받아라. 가면증후군으로 인한 두려움과 우울함이 일상생활을 방해할 정도로 크다면 전문가의 도움을 꼭 받길 바란다.

우리는 '사람'을 필요로 한다

외로움은 인간관계의 불만족에서 오는 주관적인 감정으로 우울증을 유발하는 가장 주요한 원인이다. 함께할 사람이 없어서 외로운 것보다 '누군가와의 연결고리가 없다'고 느낄 때 외로움이 더 크게 작용한다. 앞으로 남은 인생을 잘 살아내기 위해서는 '인간관계'라는 안전한 보호막, 즉 '사회적 지지'의 울타리가 있어야 한다.

사회적 지지는 어려움에 부닥쳤을 때 부정적 영향을 완화시켜주는 행위로서 자신을 둘러싼 중요한 타인(가족, 친구, 동료, 교사 등)으로부터 얻을 수 있는 긍정적 자원이자, 삶을 살아가는 데 있어 꼭 필요한 요소다.

사회적 지지에는 총 네 가지 기능이 있다.

1. 정신적 지지(emotional support)

가족이나 친구, 지인이 주는 사랑과 관심은 자존감을 높여준다.

2. 실재적 지지(tangible support) 또는 도구적 지지(instrumental support)

물품이나 금전, 노력, 시간 등을 포함해 가족이나 친구, 지인으로부터
실질적으로 받는 도움을 말한다. 문제를 보다 객관적으로 해결해준다.

3. 정보적 지지(information support)

가족이나 친구, 지인으로부터 받는 제안이나 지식을 통해 본인의 목표
에 가까워지거나 불안감을 해소할 수 있다.

4. 평가적 지지(appraisal support)

가족이나 친구, 지인으로부터 얻는 인정이나 피드백, 사회적 비교는 자
기 인정과 자기 생각에 대한 확신을 갖도록 도와준다.

모든 사람은 각자의 인간관계가 필요하다. 이러한 사회적
지지를 받을 수 있는 자신만의 사회적 네트워크를 형성해 어

려움을 극복할 수 있는 힘을 길러야 한다.

마음이 잘 맞는 사람과 사귀기 전에, 우선 자신이 내향적인지 외향적인지, 얼마나 많은 친구가 필요한지에 대한 스스로의 판단이 필요하다. 여러 사람을 만나기 위한 수단으로 많은 사회 활동에 참여하는 것도 좋지만, 오히려 스트레스로 작용할 수도 있기 때문에 관계 형성에 있어 속도와 양을 조절하는 것도 아주 중요하다. 또한 사람마다 취미와 성격에 차이가 있으므로 자신과 맞지 않은 사람을 만나더라도 실망하거나 자책하지 않길 바란다.

마지막으로 가족 관계에 관한 조언을 조심스럽게 전하려한다. 가족은 자신에게 가장 많은 영향을 끼치고 평생을 함께해야 하는 사람들이다. 세상에 완벽한 가정은 존재하지 않으며, 가정마다 각자의 어려움이 있다. 만약 자신의 가정에 변화가 필요하다면 누군가가 먼저 나서야 한다. 막연하게 부모님이나 다른 사람이 나서길 기다리기보다는 내가 먼저 시작하는 것이 더 빠를 수 있다.

물론 그 과정에서 큰 용기가 필요하다는 사실은 누구보다 잘 알고 있다. 하지만 서로가 마음을 열고 소통하기 시작한다면 갈등을 해결할 기회는 반드시 찾아올 것이다. 당연한 얘기겠지만, 그렇다고 억지로 할 필요는 없다. 확신이 들 때 해도 늦지 않다.

　혹시나 가정의 문제를 혼자서 해결하기 버겁다고 느껴진다면 전문 심리상담사나 사회복지사의 도움을 구하는 것을 추천한다.

당하지 않으면 알 수 없는 고통

따돌림의 유형은 크게 여섯 가지로 분류되며, '관계적 따돌림', '언어적 따돌림', '신체적 따돌림', '성적 따돌림', '반격형 따돌림', '사이버 따돌림'이 있다.

따돌림을 판단할 수 있는 세 가지 조건은 다음과 같다.

1. 타인을 괴롭히려는 의도가 다분하다.

2. 반복적으로 발생한다(결코 일회성으로 그치지 않는다).

3. 쌍방의 권력 불균형이 나타난다.

따돌림을 받는 사람에게 꼭 전하고 싶은 말이 있다.

첫째, 신체적 상해가 없다고 해서 따돌림이 아닌 것은 아니다. 나쁜 소문을 퍼트리거나 친구들로부터 격리시키는 등의 행위는 '관계적·언어적 따돌림'에 속한다. 이런 행위들이 자신에게 나쁜 영향을 미칠 수 있다는 점을 기억하자.

둘째, 지금 괴롭힘을 당하고 있다면 자책하는 일은 그만둬라. 당신이 무슨 잘못을 해서 아니라, 가해자가 당신을 이유 없이 괴롭히고 있는 것이다. 자신에게서 따돌림 당할 이유를 찾거나 자기 스스로 '내 성격이 이런 걸 어떡해? 왕따당해도 할 수 없지'와 같은 부정적인 사고에 결코 휘말리지 말자.

셋째, 부모님이나 선생님이 당신이 처한 상황을 눈치채지 못할 수도 있다. 이에 상처받거나 좌절하지 말고 지속적으로 신뢰할 만한 사람에게 도움을 요청하길 바란다. 당신을 구해 줄 누군가가 분명 있을 것이다.

만약 따돌림을 보고도 침묵하는 방관자가 있다면 이 말을 꼭 참고하길 바란다.

방관자의 존재는 따돌림이 발생하는 중요한 요인이 된다. 따돌리는 행위에 가담했든 그저 침묵만 하고 있었든, 그 모든 행위는 가해자에게 피해자를 괴롭히게 만들 권한을 준 것이나 다름없다. 지금 눈앞에서 벌어지는 상황을 가만히 지켜보고만 있지 마라. 자신을 믿고 옳은 일을 행하길 바란다. 혹시라도 자신의 안위가 걱정돼서 피해자를 도와줄 수 없다면 부모님이나 선생님에게 도움을 요청하자. 보고도 아무런 행동을 취하지 않는다면 더 심각한 상태로 발전할 수 있음을 명심하길 바란다.

따돌림을 주도하는 가해자는 일반적으로 인간관계와 동정심 유발에 뛰어난 재능을 가지고 있고, 다른 사람에게 지시하거나 피해자를 괴롭히는 방법을 아주 잘 알고 있다. 그러므로 그들의 꼬임에 절대로 넘어가지 않길 바란다.

타인과의 비교는 무조건 나쁠까?

미국 심리학자 레온 페스팅거(Leon Festinger)는 '사회 비교 이론(Social Comparison Theory)'에서 "개인의 행동, 태도, 사고, 신념은 다른 사람이나 다른 집단과의 비교를 통해 영향을 받는다"고 말했다. 특히 "이를 평가하는 데 사용할 객관적인 기준이 없거나 자신의 상태가 불안한 경우에 타인과 자기 자신을 비교하고 평가한다"고 강조했다.

사회 비교 이론에서 중요한 요소로 '유사성에 대한 욕구(the need for similarity)'가 있다. 사람들이 자신의 능력이나 의견을 정확하게 평가하기 위해 유사한 능력이나 의견을 가지고 있는 사람들과 비교하는 것을 말한다. 이때 다른 사람들을 나와 더 '유사하게' 바꾸려고 노력하는 동시에, 나 자신도 타인과 더 '유사해지도록' 노력한다. 그러나 이러한 노력이 실패할 경우, 그 사람들을 나와 유사하지 않은 사람으로 간주하고 비교를 그만두게 된다.

이러한 사회 비교 이론은 비교를 하는 대상이 나보다 더 우월한지, 또는 열등한지에 따라 '상향 비교(Upward Comparison)'와 '하향 비교(Downward Comparison)'로 구분된다.

먼저 자신보다 더 우위에 있는 '이상적인 대상'을 자신의 비교 상대로 삼는 경우를 '상향 비교'라고 한다. 이는 대부분 사람들이 스스로를 엘리트 집단이나 또는 더 우월한 집단의 일원으로 생각하고자 하는 욕구로 인해 발생한다. 타인과 스스로를 비교하는 행위는 개인이 속한 집단 내에서 이뤄지기 때문에, 나와 비교되는 타인이 더 우월한 사람이라는 것은 결국 내가 속한 집단이 그만큼 더 나은 집단이 될 수 있다는 의미가 되는 것이다. 덩달아 미래의 모습을 기대하며 언젠가 그 사람처럼 성공을 이룰 수 있다는 동기 부여를 유발한다.

반대로 무력감이나 불안함을 느끼지 않기 위해 자신보다 더 열등한 상황에 처한 상대와 비교하는 것을 '하향 비교'라고 한다. 뼈저리게 가난해서 해외여행은 꿈도 못 꾸는 사람이 시리아 난민들을 보면서 편히 쉴 집이 있고 따뜻한 세끼를 먹을 수 있다는 것만으로 위안을 삼는 것이 바로 하향 비교라 할 수 있다.

　　한편으로는 '다른 사람의 고통을 자신의 행복으로 삼는다는 게 너무하다'고 생각할 수도 있다. 하지만 상향 비교와 하향 비교를 비롯한 사회 비교는 우리가 무엇에 적응하는 데 꼭 필요한 과정이다. 비교라는 개념 자체가 없다면 아마 자신의 가치관을 확립할 수 없을 것이다. 상향 비교 능력이 없으면 열심히 살고자 하는 삶의 동기 또한 사라질 것이며, 하향 비교에 대한 올바른 인식이 없다면 자신의 부족함만 들여다보느라 항상 괴로움에 시달리게 될 것이다.

　　혹시나 스스로 부족하고 쓸모없는 사람이라고 느껴진다면, 가끔은 자신보다 부족한 사람을 떠올려보길 바란다. 그러다 보면 자신이 생각했던 만큼 부족하지 않다는 사실을 깨닫게 될 것이다. 이런 하향 비교는 깊은 우울감에 시달리고 있는 사람들에게 비교적 합리적이며 마음을 건강하게 만들 수 있는 좋은 방법이라고 생각한다.

자존감을 높여주는 자기효능감

라오황이라는 친구는 나에게 '친구란 무엇인가'에 대해 알려 줬을 뿐 아니라 자기효능감까지 높여줬다. 수행하려는 일을 성공적으로 마칠 수 있다는 믿음이 나를 우울증에서 벗어나 게 해줬을 뿐 아니라 이전에는 감히 엄두도 내지 못했던 일에 도전할 수 있는 용기까지 북돋아줬다.

여기서 자기효능감이란 1986년 캐나다 심리학자 앨버트 반 두라(Albert Bandura)에 의해 처음 소개된 개념으로, "어느 특정 한 상황에서 자신이 어떤 일을 성공적으로 수행할 수 있는 능 력이 있다고 믿는 기대와 신념"을 뜻하는 심리학 용어다.

인간에게 미치는 자기효능감의 영향은 다음과 같다.

1. 인지(cognition)

자기효능감이 높은 사람은 비교적 높은 이상과 포부를 가지고 있으며, 도전을 즐기고 깊이 생각하고 멀리 내다볼 줄 안다. 또한 구체적인 계획을 세운 뒤 행동하며, 자신의 약점이나 부족한 점에 신경 쓰지 않는다.

2. 동기(motivation)

자신에게 성공할 수 있는 능력이 있다고 생각하는 사람일수록 높은 목표를 설정하고 더 많은 노력을 쏟아 붓는다. 매사 적극적이고 꾸준한 태도를 보인다.

3. 기분(mood)

환경 변화에 큰 영향을 받지 않는다. 스트레스나 위협적인 상황을 만나도 냉정함을 유지하고 불안해하거나 우울한 생각을 하지 않는다.

자기효능감에 영향을 주는 네 가지 요인으로는 '활동적 성취', '간접 경험', '사회적 설득', '생물학적 요인'이 있다.

1. 활동적 성취(경험)

경험은 자기효능감을 결정하는 가장 중요한 요인이다. 성공은 자기효능감을 높이고 실패는 낮춘다. '매일 저녁 200미터 달리기'와 같은 작은 일부터 실천함으로써 성공 경험을 하나씩 차근차근 쌓아보길 바란다.

2. 간접 경험(모델링)

다른 사람이 성공하는 것을 보면 자기효능감이 높아지고, 다른 사람이 실패하는 것을 보면 자기효능감이 낮아진다. 그 대상이 자신과 비슷하다고 여길 때 특히 효과가 커진다. 직접 경험만큼은 아니지만, 자기 자신에 대한 확신이 없는 사람에게는 모델링 방법이 꽤나 유용할 수 있다.

3. 사회적 설득

사회적 설득은 대개 다른 사람의 직접적인 격려나 의욕을 꺾는 말의 형태로 나타난다. 의욕을 꺾는 말이 자기효능감에 미치는 부정적 효과는 대개 격려의 긍정적 효과보다 더 큰 편이다.

4. 생물학적 요인

스트레스 상황에서 사람들은 주로 떨림, 통증, 피로, 공포, 구토감 등을 느낀다. 이런 반응들은 자기효능감에 큰 영향을 미친다. 예를 들어, 발표 전에 몸의 긴장을 느낄 경우 자기효능감이 낮은 사람에게는 자신의 능력

없음을 나타내는 표시로 해석할 것이고 그 결과 자기효능감이 더 낮아질 것이다. 반면 자기효능감이 높은 사람들은 그런 생리적 증상들을 정상적이고 능력과 무관한 것으로 해석할 것이다. 즉, 생리적인 반응 자체보다는 그 반응들의 함의에 대한 자신의 신념이 자기효능감에 영향을 미치는 것이다.

스스로 감정을 제어할 수 있다는 믿음을 갖는다면 안정감을 비교적 쉽게 되찾을 수 있을 것이다. 그러므로 원하는 목표에 도달하고 싶다면 먼저 '할 수 있다'는 자신을 갖길 바란다.

◊

우울증에서 벗어나고 싶다면

이전 상태로 돌아갈 수 있는 방법은 사람마다, 원인마다 제각각 다르다. 극심한 업무 스트레스로 인해 우울증이 생겼다면 보통 업무 환경을 바꾸거나 약물 치료, 또는 충분한 휴식을 취함으로써 극복할 수 있다.

하지만 가정폭력이나 성범죄, 따돌림 등 심각한 심리적인 외상으로 인해 우울증이 발생했다면 외상 후 스트레스장애(post traumatic stress disorder, PTSD)가 동반될 수 있기 때문에, 이 경우에는 근본적인 위험 요소를 반드시 제거해야만 회복 가능하다.

우울증 환자 대부분은 과도한 유추적 사고 성향을 띤다. 부정적인 사건을 끊임없이 발전시켜 다른 상황으로 변화시키고, 결국에는 '미래 따윈 없다'는 종말적 사고에 이르게 된다. 나 역시 치료를 받을 만큼 심각한 상태가 아니었음에도 "죽고 싶다"는 말을 입에 달고 살았을 정도로 부정적 사고성향을 가지고 있었다. 감정 기복이 심해 자살 충동을 쉽게 느꼈고, 자존감이 낮아 무슨 일이든 자책하기 바빴다.

이후 상처받은 자아를 치유하는 방법으로서 평소 즐겨하던 '일기 쓰기'를 매일매일 실천했고, 효과는 탁월했다. 일기를 쓸 때 한 가지 유의할 점은 '부정적인 생각을 피해야 한다'는 것이다. 안 좋은 일을 계속해서 떠올리면 오히려 우울증이 더 심해질 수 있기 때문이다.

만약 나쁜 생각이 자신을 끊임없이 괴롭힌다면 이 방법을 실천해보길 바란다. 일종의 성공 리스트를 작성하는 것과 비슷하며, 종이 한 장만 있으면 부담 없이 따라 할 수 있는 아주 간단한 일이다.

우선 신발 상자 하나를 가져다가 수집함으로 만들고, 누군가에게 칭찬을 듣거나 어떤 일을 완성했을 때마다 종이에 적어서 상자에 넣는다. 이때 그 사건과 관련 있는 인물과 날짜 같은 주변 사항들도 구체적으로 적어두면 좋다. 그리고 기분이 울적하거나 하던 일이 만족스럽지 않을 때 상자를 열어서 그동안 자신이 이루어낸 일들을 돌아보자. 그러면 '나는 결코 쓸모없는 인간이 아니다'라는 사실을 인지하고 부정적인 생각에서 조금 멀어질 수 있을 것이다.

예전보다 우울증에 관한 인식이 많이 너그러워졌다고는 하지만, 그렇다고 다른 사람들에게 "저 우울증 있어요"라고 고백하는 일이 쉬워진 것은 아니다.

나 또한 혹시나 왜곡된 시선이나 부당한 대우를 받을지 몰라 우울증을 앓고 있다는 사실을 사람들에게 당당히 말할 수 없었다. 그래서 일부러라도 아무렇지 않은 척 보이려 노력했다. 하지만 그런다고 해서 딱히 행복해지지는 않았다. 억지로 웃는 일이 잦아질수록 나를 잃을지도 모르겠다는 불안감에 더 휩싸일 뿐이었다.

이제는 남들에게 "나는 우울증을 겪은 이력이 있고, 오랫동
안 수차례의 치료를 받았다. 지금은 괜찮아졌지만 언제 또 재
발할지도 모른다"라고 태연하게 말할 수 있게 됐다. 더 이상
내 모습을 감추려 하지 않는다. '본연의 나'로 살아가야 비로
소 우울에서 벗어날 수 있다는 사실을 깨달았기 때문이다.

세상이 원하는 '긍정적이고 활발하며 훌륭한 인재'의 모습
을 꼭 갖출 필요는 없다. '우울한 내 모습'을 숨기려 노력하지
않고 그저 '나다운 나'로 살면 된다. 우울증을 완화하는 방법
은 아주 작은 실천에서부터 비롯된다.

중문

1. 危芷芬、田意民、何明洲、高之梅(譯)(民 99). *心理學導論*(原作者: Susan Nolen-Hoeksema, Barbara Fredrickson, Geoffrey Loftus, Willem Wagenaar). 台北市: 雙葉書廊. (原著出版年: 2009)

2. 成令方、林鶴玲、吳嘉苓(譯)(民 92). *見樹又見林*(原作者: Allan G.Johnson). 台北市: 群學. (原著出版年: 1997)

3. 林怡廷(民 105年 12月 2日). 常懷疑自己的能力?你可能有冒牌者症候群【新聞群組】取自 http://www.cw.com.tw/article/article.action?id=5079694

4. 林美珠、田秀蘭(譯)(民 106). *助人技巧: 探索、洞察與行動的催化*(原作者: Clara E. Hill). 台北市: 學富文化. (原著出版年: 2014)

5. 柯華葳(主編)(民 99). *中文閱讀障礙*. 台北市: 心理.

6. 修慧蘭、鄭玄藏、余振民、王淳弘(譯)(民 104). *諮商與心理治療: 理論與實務*(原作者: Gerald Gorey). 台北市: 雙葉書廊. (原著出版年: 2013)

7. 徐西森、連廷嘉、陳仙子、劉雅瑩(著)(民 99). *人際關係的理論與實務*. 台北市: 心理.

8. 海苔熊(民 106年 4月 20日). 15張圖看冒牌者症候群: 你不是不夠好，只是恐懼失敗【新聞群組】. 取自 https://womany.net/read/article/13322

9. 張世慧(著)(民 104). *學習障礙第二版*. 台北市: 五南.

10. 張春興(主編)(民 102). *教育心理學*. 台北市: 東華.

11. 陸洛、吳珮瑀、林國慶、高旭繁、翁崇修(譯)(民 101). *社會心理學* (原作者: John D. DeLamater, Daniel J. Myers). 台北市: 心理. (原著出版年: 2007)

12. 葉光輝(譯)(民 104). *性格心理學*(原作者: Lawrence A. Pervin, Daniel Cervone). 台北市: 雙葉書廊. (原著出版年: 2012)

13. 蘇惠麟(譯)(民 98). *圖解憂鬱症完全指南*(原作者: 平安良雄). 台北市: 原水文化. (原著出版年: 2007)

영문

1. Akert, Aronson Wilson (2014). *Social Psychology*. The USA: Pearson Education.

2. American Psychiatric Association (2013). *Diagnostic and statistical manual of mental disorders* (5th ed.). Arlington, VA: Author.

3. Brammer, L. M. (1993). *The Helpering Relationship: Process and Skill*. New York: Allyn & Bacon.

4. Clance, P. R. *The Impostor Phenomenon: Overcoming the Fear that*

Haunts Your Success. Atlanta, GA; Peachtree Publishers.

5. Clance, P. R., & Imes, S.A. (1978) The impostor phenomenon in high achieving women: Dynamics and therapeutic intervention. *Psychother-Theor Res.*, 15(3):241-247.

6. Devito, J. A. (1994). *Human Communication: The Basic Course*. HarperCollins College Publishers.

7. Duck, S., & Pittman, G. (1994). Social and personal relationships. In M. L. Knapp & G. R. Miller (Eds.), *Handbook of Interpersonal Communication*(pp.676-695). Thousand Oaks, CA: Sage.

8. Gazzaniga, Michael S., Heatherton, Todd F., & Halpern, Diane F. (2013). *Psychological science*. Canada: W. W. Norton & Company, Inc.

9. Ghorbanshirodi, S. (2012) The relationship between self-esteem and emotional intelligence with Impostor Syndrome among medical students of Guilan and Heratsi Universities. *J Basic Appl Sci Res*. (2012), 2(2) : 1793-1802.

10. Grilo, Carlos M., Shiffman, Saul, & Campbell, Jeffery T. Carter. (1994) "Binge eating antecedents in normal weight nonpurging females: is there consistency?" *International Journal of Eating Disorders*, 16.3: 239-249.

11. Hoek, Hans Wijbrand, & Van Hoeken, Daphne (2003). "Review of the prevalence and incidence of eating disorders." *International Journal of Eating Disorders*, 34.4: 383-396.

12. Homans, G. C. (1950). The Human Group. New York: Harcourt, Brace &

World.

13. Homans, G. C. (1974). *Social Behavior: Its Elementary Forms*. New York: Harcourt, Brace & Jovanovich.

14. House, J. S.& Kahn, R. L. (1985). Measures and concepts of social support. Cohen & Syme 1985, pp. 83-108

15. Hynd, G. (1992). Neurological aspects of dyslexia: Comments on the balance model. *Journal of Learning Disabilities: 25*, 110-113.

16. Kruttschnitt, C. (2015). The Criminologist. *Reflections*, 40(3).

17. McGregor, L. N., Gee, D. E., & Posey, K. E. (2008). I feel like a fraud and it depresses me: The relation between the imposter phenomenon and depression. *Social Behavior and Personality: An International Journal*, 36(1): 43-48.

18. Schutz, W. C. (1958). *A Three-dimensional Theory of Interpersonal Behavior*. New York: Rinehart.

19. Schutz, W. C. (1996). *The Interpersonal Underworld*. Palo Alto, Calif.: Science and Behavior Books.

20. Sears, O. D., Peplau, A. L., & Taylor, E. S. (1994). *Social Psychology* (8th ed.) New York: Prentice-Hall.

21. Spafford, C. S., & Grosser, G. S. (1996). *Dyslexia*. Boston: Allyn & Bacon.

괜찮으니까 힘내라고 하지 마

초판 1쇄 발행 2019년 1월 23일
초판 2쇄 발행 2019년 2월 15일

지은이 장민주
옮긴이 박영란
펴낸이 정용수

사업총괄 장충상 본부장 홍서진
편집주간 조민호 편집장 유승현
책임편집 진다영 편집 김은혜 이미순 조문채
디자인 김지혜
영업·마케팅 윤석오 우지영
제작 김동명
관리 윤지연

펴낸곳 ㈜예문아카이브
출판등록 2016년 8월 8일 제2016-000240호
주소 서울시 마포구 동교로18길 10 2층(서교동 465-4)
문의전화 02-2038-3372 주문전화 031-955-0550 팩스 031-955-0660
이메일 archive.rights@gmail.com 홈페이지 yeamoonsa.com
블로그 blog.naver.com/yeamoonsa3 페이스북 facebook.com/yeamoonsa

한국어판 출판권 © 예문아카이브, 2019
ISBN 979-11-6386-012-9 03820